Philip Roth

Das Lied verrät nicht seinen Mann

Stories

Aus dem Amerikanischen
von Herta Haas

Rowohlt

Veröffentlicht im
Rowohlt Taschenbuch Verlag GmbH,
Reinbek bei Hamburg, Januar 1996
Die Erzählungen der vorliegenden
Ausgabe wurden dem Band
«Goodbye, Columbus!» entnommen
Copyright © 1962 by
Rowohlt Verlag GmbH,
Reinbek bei Hamburg
Für die amerikanischen Originaltexte:
«The Conversion of the Jews» und «You can't
Tell a Man by the Song He Sings»
Copyright © 1959 by Philip Roth
«Defender of the Faith»
Copyright © 1959 by The New Yorker Magazine, Inc.
Umschlaggestaltung Walter Hellmann/Beate Becker
(Illustration: Turnek Sikora/The Image Bank)
Gesetzt aus der Sabon (Linotronic 500)
Gesamtherstellung Clausen & Bosse, Leck
Printed in Germany
200-ISBN 3 499 22044 x

Meiner Mutter
und meinem Vater

«Das Herz ist ein halber
Prophet.»
Jiddisches Sprichwort

Inhalt

Die Bekehrung der Juden
9

Verteidiger des Glaubens
50

Das Lied verrät nicht seinen Mann
104

Die Bekehrung der Juden

«Du bist mir der Rechte», sagte Itzie. «Immer mußt du den Mund so weit aufreißen. Wenn ich bloß wüßte, warum du nie deine Klappe halten kannst.»

«Ich hab doch gar nicht davon angefangen, Itz, ich nicht», verteidigte sich Ozzie.

«Was geht dich überhaupt Jesus Christus an?»

«Wer hat denn zuerst von Jesus Christus gesprochen, ich oder er? Ich hab ja nicht mal gewußt, wovon er redet. Jesus ist eine historische Persönlichkeit, hat er immer wieder gesagt. Eine historische Persönlichkeit.» Ozzie ahmte die volltönende Stimme des Rabbiners Binder nach. «Jesus war genauso ein Mensch wie du und ich», fuhr er fort. «Das hat Reb Binder gesagt...»

«So? Na und? Ist doch ganz egal, ob er ein Mensch war oder nicht. Mußt du deswegen den Mund aufreißen?» Itzie Lieberman war mehr für weise Zurückhaltung, besonders wenn es sich um Ozzies Fragen handelte. Schon zweimal war Mrs. Freedman wegen Ozzies Fragen zu Reb Binder bestellt wor-

9

den, und am Mittwoch um halb fünf sollte sie
zum drittenmal kommen. Itzie legte Wert darauf, daß *seine* Mutter in der Küche blieb; er
begnügte sich grundsätzlich damit, hinter
dem Rücken des Rabbiners freche Gebärden
zu machen, Grimassen zu schneiden, zu knur-
ren oder andere, noch unfeinere Naturlaute
von sich zu geben.

«Er war ein richtiger Mensch, der Jesus, er
war nicht wie Gott, und wir glauben nicht,
daß er Gott ist.» Langsam und bedächtig erklärte Ozzie seinem Freund den Standpunkt
Reb Binders, denn Itzie hatte tags zuvor im
Hebräischunterricht gefehlt.

«Die Katholiken», sagte Itzie, um ihm wei-
terzuhelfen, «die glauben an Jesus Christus.
Für die ist er Gott.» Itzie Lieberman ge-
brauchte das Wort «Katholiken» im weite-
sten Sinne – er schloß die Protestanten mit ein.

Ozzie nahm diese Bemerkung mit einem
leichten Kopfnicken hin, als wäre sie eine Fuß-
note, und sprach weiter. «Seine Mutter hieß
Maria, und sein Vater war wohl der Zimmer-
mann Joseph», sagte er. «Aber im Neuen Te-
stament steht, sein richtiger Vater war Gott.»

«Sein *richtiger* Vater?»

«Ja», erwiderte Ozzie, «das ist es doch gerade: Sein Vater soll Gott gewesen sein.»

«Quatsch.»

«Reb Binder sagt ja auch, das geht nicht.»

«Klar geht's nicht. Ausgemachter Blödsinn ist das. Wer ein Kind haben will, muß bei 'nem Mann liegen», theologisierte Itzie. «Auch Maria hat bei einem liegen müssen.»

«Genau das hat Binder gesagt. ‹Nur wenn eine Frau mit einem Mann Geschlechtsverkehr hat, kann sie ein Kind kriegen.›»

«*Das* hat er gesagt, Ozz?» Die theologische Seite der Angelegenheit war für Itzie im Augenblick völlig uninteressant. «Hat er wirklich Geschlechtsverkehr gesagt?» Wie ein rosa Schnurrbart ringelte sich ein Lächeln um Itzies Lippen. «Und was habt ihr da gemacht, Ozz? Gelacht oder was?»

«Ich hab mich gemeldet.»

«Ja? Und dann?»

«Dann hab ich eben gefragt.»

Itzies Gesicht leuchtete auf. «Nach dem Geschlechtsverkehr?»

«Nein, ich hab gefragt, wieso Gott, wenn er in sechs Tagen Himmel und Erde schaffen konnte und dazu die Tiere, die Fische und das Licht, alles in sechs Tagen – besonders das Licht, ich möchte zu gern wissen, wie er das fertiggekriegt hat. Fische und Tiere machen, das ist ja schon eine Leistung …»

«Eine tolle Leistung sogar.» Itzies Anerkennung war ehrlich, doch er sprach so nüchtern, als hätte Gott einen tadellosen Baseballwurf vollbracht.

«Aber die Sache mit dem Licht ... also wenn man darüber mal nachdenkt – das ist wirklich was», fuhr Ozzie fort. «Na, jedenfalls hab ich Binder gefragt, wenn Gott das alles in sechs Tagen machen und die sechs Tage, die er brauchte, einfach so aus dem Nichts nehmen konnte, warum, hab ich gefragt, soll's dann nicht möglich sein, daß er eine Frau ohne Geschlechtsverkehr ein Kind kriegen läßt.»

«Geschlechtsverkehr hast du zu Binder gesagt, Ozz?»

«Ja.»

«Im Unterricht?»

«Ja.»

Itzie schlug sich an den Kopf.

«Ganz im Ernst», sagte Ozzie, «das wär doch 'ne Kleinigkeit für ihn. Nach all dem anderen wär das wirklich 'ne Kleinigkeit.»

Itzie dachte einen Augenblick nach. «Und was hat Binder gesagt?»

«Der fing noch mal von vorn an. Erklärte, daß Jesus eine historische Persönlichkeit ist, daß er ein Mensch war wie du und ich, aber kein Gott. Da hab ich gesagt, *das* hätte ich schon kapiert. Was ich wissen wollte, wär ganz was anderes.»

Was Ozzie wissen wollte, war immer «ganz was anderes». Das erste Mal hatte er wissen wollen, wieso Reb Binder die Juden «das auserwählte Volk» nannte, obgleich die amerikanische Unabhängigkeitserklärung verkündete, daß alle Menschen von Geburt gleich seien. Reb Binder bemühte sich, ihm den Unterschied zwischen politischer Gleichheit und geistigem Erwähltsein zu verdeutlichen, aber Ozzie blieb hartnäckig dabei, daß er ganz was anderes wissen wolle. Damals war der erste Besuch seiner Mutter bei dem Rabbiner fällig.

Dann kam die Flugzeugkatastrophe. Achtundfünfzig Menschen waren getötet worden, als eine Maschine über dem Flughafen La Guardia abstürzte. Die Zeitungen brachten eine Liste der Verunglückten, und Ozzies Mutter entdeckte acht jüdische Namen (seine Großmutter hatte neun gefunden, aber nur, weil sie Miller zu den jüdischen Namen rechnete), und wegen dieser acht Todesopfer bezeichnete Mrs. Freedman den Absturz als «eine Tragödie». In der Diskussionsstunde am Mittwoch hatte Ozzie die Aufmerksamkeit des Rabbiners auf das Schicksal «einiger seiner Verwandten» gelenkt und alle jüdischen Namen herausgepickt. Kaum hatte Reb Binder angefangen, sich über «kulturelle

Einheit» und anderes mehr zu verbreiten, als
Ozzie aufstand und sagte, er wolle nicht das
wissen, sondern ganz was anderes. Reb Binder verlangte, daß er sich setzte, und da
schrie Ozzie, er wünschte, alle achtundfünfzig wären Juden gewesen. Deswegen wurde
seine Mutter zum zweitenmal zu dem Rabbiner bestellt.

«Aber er hat bloß immer wieder erklärt,
daß Jesus historisch is-, und da hab ich eben
weitergefragt. Kannst mir's glauben, Itz, er
wollte mich als Dummkopf hinstellen.»

«Und dann?»

«Zuletzt hat er gebrüllt, das wäre bei mir
alles nur Mache und Besserwisserei, und
meine Mutter sollte kommen, und jetzt hätte
er endgültig genug. Und ich würde nie *Bar-
Mizwah* werden, wenn er was zu sagen hätte.
Und dann, Itz, dann fängt er an zu reden mit
einer Stimme wie 'n Denkmal, ganz langsam
und tief, und sagt, ich soll mal nachdenken
über das, was ich über Gott gesagt habe. Ich
mußte in sein Büro gehen und darüber nachdenken.» Ozzie beugte sich zu seinem
Freund. «Itz, eine geschlagene Stunde habe
ich nachgedacht, und jetzt bin ich sicher, daß
Gott es tun könnte.»

Eigentlich hatte Ozzie vorgehabt, sein neuestes Vergehen zu beichten, sobald seine Mutter von der Arbeit kam. Aber es war ein Freitagabend im November und schon dunkel, und als Mrs. Freedman in die Küche trat, warf sie ihren Mantel ab, küßte Ozzie rasch auf die Stirn und ging zum Tisch, um die drei gelben Kerzen anzuzünden – zwei für den Sabbat und eine für Ozzies Vater.

Immer wenn sie das tat, hob sie die Arme und zog sie durch die Luft langsam an sich heran, als wollte sie Menschen überzeugen, die sich erst halb entschlossen hatten. Ihre Augen wurden glasig von Tränen. Ozzie erinnerte sich, daß ihre Augen genauso glasig geworden waren, als sein Vater noch lebte; es hatte also nichts mit seinem Tod zu tun. Es hatte etwas mit dem Anzünden der Kerzen zu tun.

Gerade als sie das brennende Streichholz an den Docht der Sabbatkerze hielt, klingelte das Telefon, und Ozzie, der dicht daneben stand, nahm den Hörer ab und preßte ihn an seine Brust. Er fand, kein Geräusch dürfe die Stille stören, wenn die Mutter die Kerzen anzündete; eigentlich sollte man sogar leiser atmen. Ozzie drückte den Hörer fest an die Brust; er beobachtete, wie die Mutter etwas Unsichtbares an sich heranzog, und er fühlte, daß auch seine Augen glasig wurden. Die Mutter glich einem rundlichen, müden, grauhaarigen Pinguin; ihre welke Haut hatte bereits das Gesetz der Schwerkraft und das Gewicht der Lebensbürde zu spüren bekommen. Selbst wenn sie ihr bestes Kleid trug, deutete nichts darauf hin, daß sie eine Auserwählte war. Aber wenn sie die Kerzen anzündete, veränderte sie sich; sie sah dann wie eine Frau aus, die weiß, daß für Gott nichts unmöglich ist.

Nach ein paar geheimnisvollen Minuten war sie fertig. Ozzie legte den Hörer auf und folgte ihr zum Küchentisch, wo sie alles für die vier Gänge des Sabbatmahles zurechtstellte. Er sagte ihr, sie solle am Mittwoch um halb fünf zu Reb Binder kommen, und er sagte ihr auch, warum. Zum erstenmal im Leben schlug sie ihn ins Gesicht.

Ozzie weinte in einem fort, während sie Leberhäckli und Hühnersuppe aßen; er hatte keinen Appetit mehr auf das übrige.

Der Rabbiner Marvin Binder war ein hochgewachsener, gutaussehender, breitschultriger Mann von dreißig Jahren mit dichtem, kräftigem schwarzem Haar. Am Mittwoch zog er in dem größten der drei Klassenzimmer im Souterrain der Synagoge seine Uhr

16

aus der Tasche und sah, daß es kurz vor vier war. Im Hintergrund des Raumes putzte Yakov Blotnik, der einundsiebzigjährige *Schammes*, langsam das große Fenster und brummelte dabei vor sich hin, ohne zu wissen, ob es vier oder sechs Uhr, Montag oder Mittwoch war. Für die meisten Schüler war Yakov Blotnik mit seinem Gebrummel, dem lockigen braunen Bart, der Hakennase und den beiden schwarzen Katzen, die ihm auf Schritt und Tritt nachliefen, eine Sehenswürdigkeit, ein Museumsstück, ein Überbleibsel aus der Vergangenheit, und sie behandelten ihn teils mit Respekt, teils mit Verachtung. Das Murmeln kam Ozzie immer wie ein seltsames, monotones Gebet vor: Das Seltsame daran war, daß Yakov Blotnik seit so vielen Jahren so unentwegt vor sich hin murmelte. Ozzie vermutete, der Alte habe zwar die Gebete behalten, Gott selbst aber völlig vergessen.

«Wir beginnen jetzt mit der Diskussionsstunde», sagte Reb Binder. «Ihr könnt ganz frei über alle jüdischen Angelegenheiten sprechen — Religion, Familie, Politik, Sport ...»

Schweigen. Der Gedanke, daß es je so etwas wie Baseball gegeben hatte oder geben könnte, war an diesem böigen, wolkigen Novembernachmittag derart unwahrscheinlich, daß niemand den Helden der Vergangenheit, Hank Greenberg, erwähnte – was die freie Diskussion beträchtlich einengte.

Auch das moralische Trommelfeuer, das Reb Binder vor kurzem auf Ozzie Freedman losgelassen hatte, erwies sich als Hemmnis. Ozzie war aufgefordert worden, aus dem hebräischen Buch vorzulesen, und nach einer Weile hatte der Rabbiner ihn ärgerlich gefragt, warum er so langsam lese und ob er denn gar keine Fortschritte gemacht habe. Ozzie sagte, er könne auch schneller, aber dann würde er den Text nicht verstehen. Trotzdem versuchte er es auf wiederholte Ermahnungen hin, und zwar mit gutem Erfolg, aber mitten in einem langen Satz hielt er inne, sagte, er verstünde kein Wort, und fing im Trauermarschtempo noch einmal von vorn an. Dann kam das moralische Trommelfeuer.

Was Wunder, wenn keiner der Schüler geneigt war, die Redefreiheit in der Diskussionsstunde zu nutzen. Nur das Brummeln des alten Blotnik beantwortete die Aufforderung des Rabbiners.

«Gibt es denn wirklich gar nichts, worüber ihr diskutieren möchtet?» Reb Binder sah auf die Uhr. «Hat niemand Fragen oder Bemerkungen?»

18

Aus der dritten Reihe kam ein leises Murmeln. Der Rabbiner ersuchte Ozzie aufzuste-
hen, damit alle von seinen Gedanken profi-
tieren könnten.

Ozzie stand auf. «Jetzt hab ich's vergessen», sagte er und setzte sich.

Reb Binder ging bis zur zweiten Reihe und
stützte sich auf die Tischkante. Itzie, dessen
Tisch es war, nahm sofort stramme Haltung
an, denn die Gestalt des Rabbiners war nicht
mehr als eine Dolchlänge von seinem Gesicht
entfernt.

«Steh auf, Oscar», sagte Reb Binder, «und
versuche, deine Gedanken zu sammeln.»

Ozzie gehorchte. Alle seine Mitschüler be-
obachteten gespannt, wie er sich unent-
schlossen die Stirn kratzte.

«Ich kann sie nicht sammeln», verkündete
er und ließ sich auf die Bank plumpsen.

«Steh auf!» Reb Binder näherte sich Ozzies Tisch, und hinter seinem Rücken machte
ihm Itzie eine lange Nase, was ein leises Kichern im Klassenzimmer auslöste. Der Rabbiner, der nur daran dachte, Ozzie die Muk-
ken ein für allemal auszutreiben, achtete
nicht auf das Gekicher. «Steh auf, Oscar.
Wonach wolltest du fragen?»

Ozzie griff ein Wort aus der Luft. Es war
das nächstliegende. «Religion.»

« Aha, jetzt erinnerst du dich also? »

« Ja. »

« Nun? »

Ozzie, in die Enge getrieben, platzte mit dem ersten Gedanken heraus, der ihm in den Sinn kam. « Warum kann Gott nicht alles machen, was er machen will? »

Während sich Reb Binder eine Antwort – eine endgültige Antwort – zurechtlegte, hob Itzie drei Schritte hinter ihm den linken Zeigefinger, deutete vielsagend auf den Rücken des Rabbiners und riß seine Mitschüler zu stürmischem Beifall hin.

Binder fuhr hastig herum, und inmitten des Tumultes schrie Ozzie dem Rücken des Rabbiners zu, was er ihm nicht ins Gesicht hätte schreien können. Laut, aber tonlos, wie eine Anklage, die man seit mindestens sechs Tagen in sich trägt, brach es aus ihm heraus: « Sie wissen nichts! Sie wissen überhaupt nichts von Gott! »

Blitzschnell machte Binder kehrt. « Was? »

« Sie wissen nichts! Sie wissen überhaupt nichts ... »

« Entschuldige dich, Oscar! Entschuldige dich! » Das war eine Drohung.

« Sie wissen nichts ... »

Reb Binders Hand schnellte vor. Vielleicht hatte er dem Jungen nur den Mund zuhalten wollen, aber Ozzie duckte sich, und die Handfläche landete genau auf seiner Nase.

Das Blut spritzte in einem kurzen roten Strahl auf Ozzies Hemd.

Und nun ging alles durcheinander. Ozzie brüllte: «Sie Schuft, Sie Schuft!» und rannte zur Tür. Reb Binder taumelte rückwärts, als hätte sein Blut begonnen, heftig in die entgegengesetzte Richtung zu fließen, dann taumelte er vorwärts und stürzte hinter Ozzie her. Die Klasse folgte seinem breiten Rücken in dem blauen Anzug, und ehe sich der alte Blotnik am Fenster umgedreht hatte, war der Raum leer, und alle liefen in größter Eile die drei Treppen hinauf, die zum Dach führten.

Wenn man das Tageslicht mit dem Leben des Menschen vergleicht – den Sonnenaufgang mit der Geburt, den Sonnenuntergang, das Versinken am Horizont mit dem Tod –, dann hatte jener Mittwoch sein fünfzigstes Jahr in dem Augenblick erreicht, als sich Ozzie Freedman durch die Falltür des Synagogendaches zwängte und dabei wie ein wildes Pferd mit den Füßen nach Reb Binders ausgestreckten Armen stieß. Im allgemeinen entsprechen fünfzig oder fünfundfünfzig Jahre genau dem Alter später Novembernachmittage. In diesem Monat, in diesen Stunden

21

scheint die Wahrnehmung des Lichtes nicht länger Sache des Sehens, sondern des Hörens zu sein: Das Licht fängt an, hinwegzuklikken. Und wirklich – als Ozzie dem Rabbiner die Falltür vor der Nase zuschlug und sie verriegelte, hätte man das Einschnappen des Riegels für den Laut halten können, mit dem das dunkle Grau den Himmel durchpulste.

Ozzie kniete mit seinem ganzen Gewicht auf der verriegelten Falltür; jeden Augenblick fürchtete er, Reb Binders Schulter werde sie aufstemmen, das Holz explosionsartig zersplittern und seinen Körper in den Himmel schleudern. Aber die Tür bewegte sich nicht, und unter ihr hörte er nur das Trampeln von Füßen, zuerst laut, dann gedämpft wie verhallender Donner.

Ein Gedanke durchzuckte ihn: Kann *ich* das sein? Für einen Dreizehnjährigen, der soeben seinen Religionslehrer einen Schuft genannt hatte – und das gleich zweimal –, war dies eine durchaus berechtigte Frage. Lauter und lauter klang es in ihm: Bin ich das? Bin ich das? – bis ihm zum Bewußtsein kam, daß er nicht mehr kniete, sondern wie ein Verrückter auf den Rand des Daches zulief, mit weinenden Augen, schreiender Kehle und mit ziellos fuchtelnden Armen, die nicht ihm zu gehören schienen.

22

Bin ich das? Bin ich das – Ich – Ich – Ich – Ich –! Ich *muß* es sein – aber bin ich's?

Es ist die Frage, die sich ein Dieb stellt, wenn er in dunkler Nacht sein erstes Fenster aufbricht, und man sagt, daß auch so mancher Bräutigam vor dem Altar von dieser Frage gequält wird.

In den wenigen wilden Sekunden, die Ozzies Körper brauchte, um den Dachrand zu erreichen, begann sein nach innen gerichteter Blick sich zu trüben. Er starrte auf die Straße hinunter und wußte gar nicht mehr, worum es sich eigentlich handelte. Lautete die Frage: *Bin ich es, der Binder einen Schuft genannt hat?* oder: *Bin ich es, der hier auf dem Dach herumläuft?* Das aber, was sich unten abspielte, entschied alles, denn bei jeder Handlung kommt der Augenblick, da die Frage: Bin ich es oder ein anderer? rein akademisch wird. Der Dieb stopft das Geld in die Taschen und verduftet. Der frischgebackene Ehemann trägt sich und seine Frau in das Hotelregister ein. Und der Junge auf dem Dach blickt auf eine Straße voller Menschen mit zurückgebogenen Hälsen und nach oben gewandten Gesichtern, die ihn anglotzen, als wäre er die Decke des Hayden-Planetariums. Plötzlich weiß man: Ich bin es.

«Oscar! Oscar Freedman!» Eine Stimme

erhob sich inmitten der Menge, eine Stimme, die, wäre sie sichtbar gewesen, wie die Schrift auf der Thorarolle ausgesehen hätte. «Oscar Freedman, komm da herunter. Sofort!» Reb Binder streckte den Arm nach ihm aus, und am Ende dieses Armes ragte drohend ein Finger auf. Es war die Haltung eines Diktators, aber eines Diktators – die Augen verrieten es –, dem sein Kammerdiener ins Gesicht gespuckt hat.

Ozzie antwortete nicht. Nur für eines Lidschlags Länge schaute er Reb Binder an. Statt dessen begannen seine Augen, die Welt unter ihm zusammenzusetzen, Menschen von Orten zu unterscheiden, Freunde von Feinden, Beteiligte von neugierigen Zuschauern. In sternförmigen Grüppchen umstanden seine Freunde den Rabbiner, der noch immer nach oben deutete. Die Spitze eines der Sterne, den nicht Engel, sondern fünf halbwüchsige Jungen bildeten, war Itzie. Was für eine Welt war das – mit diesen Sternen da unten, mit Reb Binder da unten... Ozzie, der eben noch unfähig gewesen war, seinen Körper zu beherrschen, erfaßte plötzlich die Bedeutung des Wortes «beherrschen»: Er fühlte Frieden, und er fühlte Macht.

«Oscar Freedman, komm herunter. Ich zähle bis drei ...»

24

Selten lassen Diktatoren ihren Untertanen so viel Zeit, einen Befehl auszuführen, aber wie immer war Reb Binder nur äußerlich ein Diktator.

«Fertig, Oscar?»

Ozzie nickte mit dem Kopf, obwohl er genau wußte, daß nichts in der Welt – in der Welt zu Füßen jener himmlischen, die er gerade betreten hatte – ihn bewegen würde herunterzukommen, auch wenn Binder bis zu einer Million zählte.

«Also gut», sagte Reb Binder. Er fuhr mit der Hand durch sein schwarzes Samsonhaar, als sei das die Geste, die vorgeschrieben ist, ehe die erste Zahl ausgesprochen wird. Und dann, während seine andere Hand einen Kreis aus dem Stückchen Himmel über ihm herausschnitt, rief er: «Eins!»

Es folgte kein Donnerschlag. Im Gegenteil – als hätte sie nur auf das Stichwort «eins» gewartet, erschien in diesem Augenblick die am wenigsten donnergleiche Gestalt der Welt auf der Synagogentreppe. Sie trat nicht eigentlich aus der Tür, sie beugte sich hinaus in die dunkelnde Luft, umklammerte mit einer Hand den Türknauf und schaute zum Dach hinauf.

«Oi!»

Yakov Blotniks alter Verstand humpelte

langsam, wie auf Krücken, aber obgleich er nicht recht begriff, was der Junge dort oben tat, wußte er, daß es nicht gut war – das heißt für die Juden nicht gut war. Für Yakov Blotnik gab es im Leben immer nur zwei Möglichkeiten: Was geschah, war entweder gut für die Juden oder nicht gut für die Juden.

Mit der freien Hand schlug er sich leicht auf die eingefallene Wange. «Oi Gott!» Und dann wandte er, so schnell er konnte, den Kopf und schaute auf die Straße hinunter. Da stand Reb Binder (wie ein Mann bei einer Auktion, der nur drei Dollar sein eigen nennt, hatte er soeben ein unsicheres «Zwei!» gerufen); da standen die Schüler, und das war alles. Mit anderen Worten: Es war noch nicht so schlimm für die Juden. Aber der Junge mußte sofort herunterkommen, bevor irgend jemand ihn sah. Das Problem: Wie sollte man ihn vom Dach holen?

Wer schon einmal erlebt hat, daß seine Katze auf dem Dach festsaß, der weiß, was man in einem solchen Fall tut. Man ruft die Feuerwehr an. Vielmehr ruft man zuerst das Amt an und bittet um eine Verbindung mit der Feuerwehr. Als nächstes hört man das laute Quietschen von Bremsen, Sirenengeheul und energisch gebrüllte Befehle. Und dann ist die Katze nicht mehr auf dem Dach.

Genauso geht man vor, um einen Jungen herunterzuholen.

Das heißt, man geht so vor, wenn man Yakov Blotnik ist und einmal eine Katze auf dem Dach gehabt hat.

Als die Löschzüge – vier an der Zahl – eintrafen, hatte Reb Binder schon viermal für Ozzie bis drei gezählt. Der große Wagen mit Leiter und Haken kam um die Ecke gesaust, einer der Feuerwehrmänner sprang ab und stürzte sich auf den gelben Hydranten vor der Synagoge. Mit einem gewaltigen Ruck lockerte er die Kappe, um sie abzuschrauben. Reb Binder rannte auf ihn zu und packte ihn an der Schulter.

«Es brennt nicht ...»

Der Feuerwehrmann brummte irgend etwas und schraubte eifrig weiter.

«Aber es brennt nicht, es brennt nicht», schrie Binder. Als der Feuerwehrmann wieder nur ein Brummen hören ließ, griff der Rabbiner mit beiden Händen zu und zwang ihn, das Gesicht dem Dach zuzuwenden.

Für Ozzie sah es aus, als versuche Reb Binder, den Kopf des Feuerwehrmannes aus dem Rumpf herauszuziehen wie einen Korken aus einer Flasche. Er mußte kichern über das Bild, das sich ihm darbot: Es war ein Fami-

27

lienporträt – der Rabbiner mit seinem schwarzen Käppchen, der Feuerwehrmann mit dem roten Helm und der barhäuptige gelbe Hydrant, der daneben hockte wie ein kleiner Bruder. Vom Rande des Daches winkte Ozzie dem Porträt zu – ein flatterndes, höhnisches Winken; dabei rutschte ihm der rechte Fuß weg. Reb Binder schlug die Hände vor die Augen.

Feuerwehrleute arbeiten schnell. Bevor Ozzie sein Gleichgewicht wiedergewonnen hatte, war schon ein großes, rundes, gelbes Netz über dem Rasen der Synagoge ausgespannt. Die Männer, die es hielten, blickten mit harter, gefühlloser Miene zu Ozzie hinauf.

Einer der Feuerwehrleute drehte sich zu dem Rabbiner um. «Sagen Sie mal, ist der Bengel verrückt oder was?»

Reb Binder löste die Hände von den Augen, langsam, schmerzvoll, als wären sie Klebestreifen. Dann prüfte er: nichts auf dem Bürgersteig, nichts im Netz.

«Wird er springen oder was?» rief der Feuerwehrmann.

Mit einer Stimme, die gar nicht wie die eines Denkmals war, antwortete Binder endlich: «Ja. Ja, ich glaube schon... Er hat damit gedroht...»

Damit gedroht …? Aber Ozzie erinnerte sich doch genau, daß er aufs Dach gelaufen war, um zu fliehen; an Springen hatte er überhaupt nicht gedacht. Er hatte sich nur aus dem Staub machen wollen, und in Wahrheit war er vor allem deshalb nach oben gerannt, weil man ihn hinaufgejagt hatte.

«Wie heißt er denn, der Junge?»

«Freedman», antwortete Reb Binder. «Oscar Freedman.»

Der Feuerwehrmann hob den Kopf. «He, Oscar, was ist? Springst du oder springst du nicht?»

Ozzie schwieg. Ehrlich gesagt – über diese Frage hatte er noch nicht nachgedacht.

«Paß auf, Oscar, wenn du springen willst, spring – und wenn nicht, laß es bleiben. Aber vertrödle nicht unsere Zeit, ja?»

Ozzie blickte auf den Feuerwehrmann und dann auf Reb Binder. Er wollte noch einmal sehen, wie sich Binder die Augen zuhielt.

«Ich springe.»

Er lief am Dachrand entlang zu der Ecke, unter der kein Netz war, schwenkte die Arme, ließ sie durch die Luft sausen und schlug sich bei jeder Abwärtsbewegung klatschend auf die Hosen. Dann fing er an zu kreischen wie eine Maschine: «Wiiiiii … wiiiiii…» und beugte sich mit dem Oberkör-

29

per weit vor. Die Feuerwehrleute flitzten zur
Ecke, um dort das Netz aufzuspannen. Reb
Binder murmelte ein paar Worte, ein Stoßge-
bet, und hielt sich die Augen zu. Alles spielte
sich rasch ab, ruckweise, wie in einem der ersten Filme. Die Zuschauer, die mit den
Löschzügen zugleich gekommen waren,
schrien oooh und aaah, als sähen sie das
Feuerwerk am Vierten Juli. In der Aufregung
hatte niemand auf die Menge geachtet – aus-
genommen natürlich Yakov Blotnik, der sich
am Türknauf hin- und herdrehte und die
Köpfe zählte. «*Vierondtswanzik ... finfondt-
swanzik ...* Oi Gott!» So war es bei der Katze
nicht gewesen.

Reb Binder blinzelte zwischen den Fingern
hindurch, prüfte den Bürgersteig und das
Netz. Leer. Aber da rannte Ozzie zur anderen
Ecke. Die Feuerwehrleute rannten mit ihm,
kamen jedoch nicht so schnell voran wie er.
Wenn der Junge Lust hatte, konnte er springen und auf das Pflaster knallen, bevor die
Männer die Stelle erreichten, und dann
würde ihnen nichts zu tun übrigbleiben, als
die Bescherung mit ihrem Netz zuzudecken.

«Wiiiiii ... wiiiii ...»

«He, Oscar», rief der Feuerwehrmann
keuchend, «was soll das heißen, zum Teufel?
Ist das ein Spiel oder was?»

«Wiiiii… wiiiiii…»

«He, Oscar…»

Aber schon raste er, wild mit den Flügeln schlagend, zur anderen Ecke. Reb Binder vermochte das alles nicht mehr zu ertragen – die Löschzüge, die aus dem Nichts aufgetaucht waren, den kreischenden selbstmörderischen Jungen, das Netz. Erschöpft fiel er auf die Knie, faltete die Hände wie eine kleine Kuppel vor der Brust und flehte: «Oscar, hör auf, Oscar. Spring nicht, Oscar. Bitte, komm herunter… bitte, spring nicht.»

Und aus der Menge hinter ihm rief eine Stimme, eine junge Stimme, ein einziges Wort zu Ozzie hinauf. «Spring!»

Es war Itzie. Für einen Moment vergaß Ozzie, mit den Armen zu schlagen.

«Los, Ozz, spring!» Itzie löste sich aus der Spitze des Sterns und stand nun allein – mutig, nicht mit der Begeisterung eines Großtuers, sondern mit der eines Jüngers. «Spring, Ozz, spring!»

Noch immer kniend, mit gefalteten Händen, drehte sich Reb Binder um. Er blickte auf Itzie, dann, von Angst gepeinigt, wieder auf Ozzie. *Spring nicht, Oscar! Bitte, spring nicht! Bitte, bitte …»*

«Spring!» Diesmal war es nicht Itzie, es war eine andere Zacke des Sterns. Um halb

fünf, als Mrs. Freedman zu ihrer Unterredung
mit dem Rabbiner kam. brüllte und bat bereits der ganze kleine Sternenhimmel auf Er-
den, daß Ozzie springen möge, und Reb Binder, statt den Jungen zu beschwören, es nicht
zu tun, weinte in die Kuppel seiner Hände.

Begreiflicherweise konnte sich Mrs. Freedman nicht erklären, was ihr Sohn auf dem
Dach tat. Sie fragte also.
    «Ozzie, mein Ozzie, was machst du da
oben? Was ist denn los, mein Ozzie?»
    Ozzies Kreischen verstummte, und er ließ
seine Arme langsamer flattern – sie bewegten
sich sacht wie Vogelflügel in einer leichten
Brise –, aber er antwortete nicht. Er stand vor
dem Hintergrund des niedrigen, wolkenver-
hangenen, dunkelnden Himmels – das Licht
klickte jetzt rascher hinweg, als hätte jemand
die Geschwindigkeit reguliert –, seine Arme
hoben und senkten sich mechanisch, und er
starrte hinab auf das kleine Bündel Frau, das
seine Mutter war.
    «Was ist denn, Ozzie?» Sie wandte sich
nach dem knienden Rabbiner um und trat
dann so dicht an ihn heran. daß nur noch eine
hauchdünne Schicht Dämmerung zwischen
ihrem Leib und seinen Schultern lag. «Was
macht mein Kleiner da oben?»

32

Reb Binder blickte zu ihr auf, aber auch er blieb stumm. Nur die Kuppel seiner Hände bewegte sich; sie zitterte wie ein schwacher Puls.

«Reb, holen Sie ihn herunter! Er wird sich umbringen. Holen Sie ihn herunter, meinen einzigen Sohn ...»

«Ich kann nicht», sagte Reb Binder. «Ich kann nicht...», und sein schönes Haupt wies auf die Schülerschar hinter ihm. «Die dort sind schuld. Hören Sie doch.»

Erst jetzt bemerkte Mrs. Freedman die Jungen und hörte, was sie brüllten.

«Für die tut er's. Er gehorcht mir nicht. Die dort sind schuld.» Reb Binder sprach wie im Traum.

«Für die tut er's?»

«Ja.»

«Warum für die?»

«Sie wollen, daß er...»

Mrs. Freedman hob die Arme in die Höhe, als dirigiere sie den Himmel. «Für die tut er's!» Und dann sanken ihre Arme herab und schlugen an den Körper, eine Geste, die älter ist als die Pyramiden, älter als die Propheten, älter als die Sintflut. «Einen Märtyrer hab ich. Sehen Sie doch!» Sie deutete mit dem Kopf auf das Dach. Ozzie schwenkte noch immer sanft die Arme. «Mein Märtyrer.»

33

«Oscar, komm herunter, *bitte*», stöhnte Reb Binder.

Mit erstaunlich ruhiger Stimme rief Mrs. Freedman zu ihrem Sohn hinauf: «Komm, Ozzie, komm. Sei kein Märtyrer, mein Kleiner.»

Als wäre es eine Litanei, sprach Reb Binder ihre Worte nach: «Sei kein Märtyrer, mein Kleiner, sei kein Märtyrer.»

«Los, spring, Ozz – sei ein Mortimer!» Das war Itzie. «Sei ein Mortimer, sei ein Mortimer», und alle Stimmen vereinigten sich zu einem Gesang für das Mortimertum – was immer das sein mochte. «Sei ein Mortimer, sei ein Mortimer...»

Wenn man auf einem Dach ist, kann man aus irgendwelchen Gründen um so weniger hören, je dunkler es wird. Ozzie begriff nur so viel, daß zwei Gruppen zwei neue Forderungen stellten: Seine Freunde riefen ihm temperamentvoll und melodisch zu, was er tun sollte; seine Mutter und der Rabbiner riefen ihm ruhig und psalmodierend zu, was er nicht tun sollte. Die Stimme des Rabbiners war nun frei von Tränen und die seiner Mutter auch. Das große Netz starrte Ozzie an wie ein blindes Auge. Der riesige, bewölkte Himmel hing tief herab. Von unten sah er wie graues Wellblech aus. Während Ozzie zu diesem gnadenlosen Himmel aufblickte, wurde ihm plötzlich klar, wie seltsam das war, was diese Menschen, seine Freunde, verlangten: Sie wollten, er solle hinunterspringen, freiwillig in den Tod gehen – das sangen sie gerade jetzt, und es schien sie zu freuen. Noch seltsamer aber war etwas anderes: Reb Binder lag zitternd auf den Knien. Wenn jetzt eine Frage gestellt werden mußte, dann lautete sie nicht: «Bin ich das?», sondern: «Sind wir das?... Sind wir das?»

Wie Ozzie herausfand, war es eine ernste Angelegenheit, auf dem Dach zu sein. Angenommen, er sprang – würde das Singen zum Tanzen werden? Oder würde der Sprung sie zum Schweigen bringen? Sehnsüchtig wünschte sich Ozzie, daß er den Himmel aufreißen, seine Hand hindurchstecken und die Sonne herausziehen könnte – und wie auf einer Münze würde auf der Sonne stehen: *Spring* oder *Spring nicht*.

Ozzies Knie schwankten ein wenig, knickten leicht ein, als wollten sie einen Kopfsprung vorbereiten. Seine Arme spannten sich, wurden steif, erstarrten von den Schultern bis zu den Fingerspitzen. Er hatte das Gefühl, jeder Teil seines Körpers werde darüber abstimmen, ob er sich umbringen sollte oder nicht – und jeder Teil so, als führe er ein Eigenleben.

Unerwartet klickte eine größere Menge Licht hinweg, und wie ein Knebel brachte diese neue Dunkelheit alle zum Schweigen: die Freunde, die auf den Sprung in die Tiefe sangen, und die Mutter und den Rabbiner, die dagegen psalmodierten.

Ozzie wartete die Entscheidung seiner Gliedmaßen nicht ab; er begann zu sprechen, mit einer seltsam hohen Stimme, wie jemand, der sich wider Willen zum Reden entschließt.

«Mama?»

«Ja, Oscar.»

«Mama, knie nieder wie Reb Binder.»

«Oscar...»

«Knie nieder», sagte er, «oder ich springe.»

Ozzie hörte ein Wimmern, dann ein Rascheln, und als er hinunterblickte, dorthin, wo seine Mutter gestanden hatte, sah er ihren gesenkten Kopf über einem Ring aus Kleidern. Sie lag neben Reb Binder auf den Knien.

Er sprach von neuem. «Kniet alle nieder.» Scharrende Geräusche verrieten, daß alle gehorchten.

Ozzie sah sich um. Er hob die Hand und

36

deutete auf den Eingang zur Synagoge. «*Er soll auch knien.*»

Wieder ein Geräusch – aber nicht das eines Kniefalls, sondern das eines Körpers, der sich abwehrend versteift. Ozzie hörte, wie Reb Binder schroff flüsterte: «... sonst bringt er sich um», und als er hinunterschaute, hatte Yakov Blotnik den Türknauf losgelassen und lag zum erstenmal im Leben auf den Knien wie die Christen beim Gebet.

Die Feuerwehrleute – nun, es ist nicht so schwer, wie man vielleicht denkt, im Knien ein Netz strammzuhalten.

Ozzie sah sich noch einmal um; dann rief er: «Reb?»

«Ja, Oscar.»

«Reb Binder, glauben Sie an Gott?»

«Ja.»

«Glauben Sie, daß Gott *alles* tun kann?» Ozzie beugte seinen Kopf weit nach vorn, ins Dunkel. «Alles?»

«Oscar, ich ...»

«Glauben Sie, daß Gott alles tun kann? Sagen Sie's mir!»

Eine Sekunde des Zögerns. Dann: «Gott kann alles.»

«Glauben Sie, daß Gott ein Kind ohne Geschlechtsverkehr machen kann?»

«Er kann es.»

«Sagen Sie's mir!»

«Gott», gab Reb Binder zu, «kann ein Kind ohne Geschlechtsverkehr machen.»

«Mama, sag du's mir!»

«Gott kann ein Kind ohne Geschlechtsverkehr machen», wiederholte seine Mutter.

«*Er* soll es auch sagen.» Kein Zweifel, wer mit *er* gemeint war.

Ein paar Augenblicke später ertönte eine krächzende alte Stimme, die in die Dämmerung hinein etwas über Gott sagte.

Dann verlangte Ozzie, daß alle es sagten. Und dann mußten sie sagen, daß sie an Jesus Christus glaubten – erst einer nach dem anderen, dann alle im Chor.

Als das Katechisieren vorbei war, nahte bereits der Abend. Auf der Straße hörte es sich an, als hätte der Junge auf dem Dach geseufzt.

«Ozzie?» Eine Frauenstimme wagte zu sprechen. «Wirst du jetzt herunterkommen?»

Schweigen – aber die Frau wartete, und schließlich erklang eine Stimme, dünn und weinerlich und erschöpft wie die eines alten Mannes, der gerade mit dem Glockengeläut fertig geworden ist. «Mama, versteh doch … du sollst mich nicht schlagen. Und er auch nicht. Du sollst mich nicht wegen Gott schla-

38

gen, Mama. Du sollst nie jemand wegen Gott schlagen ...»

«Ozzie, bitte, komm jetzt herunter.»

«Versprich mir, versprich mir, daß du nie jemand wegen Gott schlagen wirst.»

Er hatte nur seine Mutter darum gebeten, aber aus irgendeinem Grunde gelobten alle, die auf der Straße knieten, daß sie nie jemand wegen Gott schlagen würden.

Wieder herrschte Schweigen.

«Jetzt kann ich runterkommen, Mama», sagte dann der Junge auf dem Dach. Er wandte den Kopf nach rechts und links, als blicke er auf die Verkehrsampeln. «Jetzt kann ich runterkommen ...»

Und das tat er, mitten hinein in das gelbe Netz, das im Dunkel des beginnenden Abends wie ein übergroßer Heiligenschein leuchtete.

Verteidiger des Glaubens

Im Mai 1945, wenige Wochen nach Beendigung der Kämpfe in Europa, wurde ich in die Staaten zurückbefördert, wo ich den Rest des Krieges bei einer Ausbildungseinheit in Camp Crowder, Missouri, verbrachte. Wir, die neunte Armee, waren in den letzten Winterwochen und im Frühjahr so schnell durch Deutschland hindurchgestürmt, daß ich an jenem Morgen, als ich den Rückflug antrat, das Gefühl hatte, die Maschine trüge mich nicht in westliche, sondern in östliche Richtung. Mein Verstand sagte mir zwar das Gegenteil, aber in mir war eine Trägheit des Geistes, die beharrlich versicherte, wir flögen zu einer neuen Front, von der aus wir unseren Vorstoß nach Osten fortsetzen würden – so lange, bis wir die Erdkugel umrundet hätten auf unserem Marsch durch Ortschaften, in deren gewundenen, mit Kopfsteinen gepflasterten Straßen die feindliche Bevölkerung zusehen würde, wie wir von dem Besitz ergriffen, was sie als ihr Eigentum betrachtete. Ich hatte mich in zwei Jahren soweit verändert, daß mich nichts mehr berührte, weder

40

das Zittern der Greise noch die Tränen der jungen Menschen, noch die flackernde Angst in den Augen der ehemals arroganten Leute. Nach zwei Jahren hatte ich zu meinem Glück ein Infanteristenherz entwickelt, das – wie die Füße – zuerst schmerzt und schwillt, dann aber verhornt, so daß man die unheimlichsten Pfade betreten kann, ohne irgend etwas zu empfinden.

Mein Vorgesetzter in Camp Crowder war Hauptmann Paul Barrett. Als ich mich zum Dienstantritt meldete, kam er aus seinem Büro, um mir die Hand zu schütteln. Er war untersetzt, barsch und ungestüm und trug drinnen wie draußen seinen Plastikunterhelm über den kleinen Augen. In Europa hatte er auf dem Schlachtfeld die Beförderung zum Hauptmann und eine schwere Brustwunde erhalten, und er war erst wenige Monate zuvor in die Staaten zurückgeschickt worden. Er unterhielt sich recht freundlich mit mir, und beim Abendappell stellte er mich den Mannschaften vor.

«Mal herhören», rief er. «Wie Sie wissen, ist Sergeant Thurston nicht mehr in dieser Kompanie. Hier ist Ihr neuer Sergeant – Sergeant Nathan Marx. Er hat in Europa mitgekämpft und erwartet, hier keine elenden Waschlappen, sondern *Soldaten* zu finden.»

Ich saß an jenem Abend noch lange im Ordonnanzzimmer und versuchte mit schwachem Eifer, das Rätsel der Dienstpläne, Personalformulare und Morgenrapporte zu lösen. Der Unteroffizier vom Dienst schlief mit offenem Mund auf einer Matratze auf dem Fußboden. Ein Rekrut las den Dienstplan für den nächsten Tag, der am Schwarzen Brett hinter der Fliegendrahttür hing. Der Abend war warm, und ich hörte die Radioapparate drüben in den Mannschaftsbaracken Tanzmusik spielen.

Der Rekrut – ich hatte bemerkt, daß er mich anstarrte, sooft er glaubte, ich sei in meine Arbeit vertieft – trat schließlich einen Schritt näher.

«Bitte, Sergeant – haben wir morgen abend eine G.I.-Party?» erkundigte er sich.

G.I.-Party ist ein anderer Ausdruck für Barackenputz.

«Findet die gewöhnlich am Freitagabend statt?»

«Ja.» Und er fügte geheimnisvoll hinzu: «Das ist's ja gerade.»

«Dann werden Sie also auch morgen eine G.I.-Party haben.»

Er drehte sich um, und ich hörte, daß er etwas murmelte. Seine Schultern zuckten, und ich überlegte, ob er weinte.

«Wie heißen Sie, Soldat?» fragte ich.

Er wandte sich um. Nein, er weinte durchaus nicht. Seine länglichen, schmalen, grüngesprenkelten Augen glitzerten wie Fische in der Sonne. Er kam auf mich zu, setzte sich auf die Tischkante und streckte mir die Hand hin. «Sheldon», sagte er.

«Bleiben Sie auf Ihren Füßen, Sheldon.»

Er rutschte vom Tisch herunter und sagte: «Sheldon Grossbart.» Sein Lächeln wurde noch breiter: Er hatte mich zu einer Vertraulichkeit verleitet.

«Sie haben was gegen Barackenputz am Freitagabend, Grossbart? Vielleicht sollten wir keine G.I.-Parties veranstalten, sondern lieber ein Hausmädchen einstellen.» Mein Ton überraschte mich. Ich fühlte, daß ich genauso sprach wie jeder Hauptfeldwebel, den ich je gekannt hatte.

«Nein, Sergeant.» Er wurde ernst, doch dieser Ernst schien das Lächeln nur zu dämpfen, nicht zu ersticken. «Aber ... Barackenputz am Freitagabend, ausgerechnet am Freitagabend ...»

Er schob sich wieder an die Tischkante heran – man konnte weder sagen, daß er saß, noch daß er stand. Seine glitzernden gesprenkelten Augen sahen mich an, und dann machte er eine Handbewegung. Eine ganz leichte Bewegung, nicht mehr als ein rasches Drehen des Handgelenkes, und doch schaltete sie alles andere im Ordonnanzzimmer aus und ließ uns beide zum Mittelpunkt der Welt werden. Ja, diese Geste schien alles auszuschließen – mit Ausnahme unserer Herzen. «Sergeant Thurston war nun mal so», flüsterte er, und sein Blick streifte den schlafenden Unteroffizier, «aber wir dachten, wo Sie jetzt hier sind, könnte es ein bißchen anders werden.»

«Wir?»

«Die jüdischen Mannschaften.»

«Warum?» fragte ich scharf. «Was ist denn los?» Ich hätte nicht sagen können, ob ich mich noch über diese Sheldon-Angelegenheit ärgerte oder über etwas anderes – aber ärgerlich war ich, soviel stand fest.

«Wir dachten, daß Sie ... Marx, wissen Sie ... Karl Marx, die Marx Brothers. Diese Burschen sind doch alle ... Schreiben Sie sich nicht M-a-r-x, Sergeant?»

«M-a-r-x.»

«Fishbein hat gesagt ...» Grossbart hielt inne. «Es ist nämlich so, Sergeant ...»

Sein Gesicht und der Hals hatten sich gerötet, er bewegte die Lippen, brachte aber kein Wort heraus. Gleich darauf nahm er Haltung an und blickte unverwandt auf mich herab.

Es war, als hätte er plötzlich entschieden, daß er von mir nicht mehr Mitgefühl erwarten könne als von Thurston, und zwar deshalb, weil ich Thurstons Glauben angehörte und nicht seinem. Der junge Mann gab sich, was das betraf, ganz falschen Vorstellungen hin, doch ich verspürte keine Neigung, ihn zu berichtigen. Es lag einfach daran, daß ich ihn nicht mochte.

Als ich mich damit begnügte, ihn ebenfalls anzustarren, schlug er einen anderen Ton an. «Sehen Sie, Sergeant», erklärte er mir, «am Freitagabend sollen Juden zum Gottesdienst gehen.»

«Hat Ihnen Sergeant Thurston die Teilnahme am Gottesdienst verboten, wenn Barackenputz angesetzt war?»

«Nein.»

«Hat er gesagt, Sie müßten in den Baracken bleiben und die Dielen scheuern?»

«Nein, Sergeant.»

«Hat der Hauptmann gesagt, Sie müßten bleiben und die Dielen scheuern?»

«Das ist es ja gar nicht, Sergeant. Es dreht sich um die anderen Jungens in den Baracken.» Er beugte sich vor. «Die halten uns für Drückeberger. Aber das sind wir nicht. Freitag abends gehen Juden zum Gottesdienst. Wir müssen!»

«Dann gehen Sie doch.»

«Die anderen schimpfen über uns. Dazu haben sie kein Recht.»

«Das ist nicht Sache der Armee, Grossbart. Ihre persönlichen Angelegenheiten müssen Sie schon selbst in Ordnung bringen.»

«Aber es ist unfair.»

Ich stand auf, um zu gehen. «Ich kann da nichts für Sie tun», sagte ich.

Grossbarts Haltung wurde noch straffer. «Es handelt sich doch um *Religion*, Sir.»

«Sergeant, bitte.»

«Verzeihung – Sergeant», knurrte er.

«Sprechen Sie mit Ihrem Rabbiner. Wenn Sie wollen, kann ich auch für Sie eine Unterredung mit Hauptmann Barrett vereinbaren ...»

«Nein, nein. Ich möchte keine Schwierigkeiten machen, Sergeant. Das ist immer das erste, was einem vorgeworfen wird. Ich will nur mein Recht!»

«Verdammt, Grossbart, hören Sie auf zu winseln. Sie haben ja Ihr Recht. Sie können bleiben und Dielen scheuern, oder Sie können in die *Schul* gehen ...»

Das Lächeln kam wieder angeschwommen. An seinen Mundwinkeln glänzte Speichel. «Sie meinen in die Kirche, Sergeant.»

«Ich meine in die *Schul*, Grossbart!» Ich
ließ ihn stehen und ging hinaus.

Ganz in der Nähe knirschten die Stiefel
eines Wachpostens auf dem Kies. In den erleuchteten Baracken saßen die jungen Leute
in Turnhemden und Arbeitshosen auf den
Pritschen und reinigten ihre Gewehre. Plötzlich hörte ich hinter mir ein Geräusch. Ich
drehte mich um und sah eine dunkle Gestalt:
Grossbart rannte zu seinen jüdischen Freun-
den, um ihnen zu sagen, daß sie recht gehabt
hatten – daß ich, genau wie Karl und Harpo
Marx, einer der Ihren war.

Als ich mich am nächsten Morgen mit dem
Hauptmann unterhielt, erzählte ich ihm von
dem Vorfall. Ich beschränkte mich dabei auf
die Tatsachen, aber mein Vorgesetzter hatte
offenbar den Eindruck, daß ich Grossbarts
Anliegen nicht nur schildern, sondern es
auch befürworten wollte.

«Marx, ich würde Seite an Seite mit einem
Nigger kämpfen, wenn mir der Kerl bewiese,
daß er ein Mann ist. Ich kann mit Stolz sagen» – der Hauptmann blickte zum Fenster
hinaus –, «daß ich keine Vorurteile kenne.
Und folglich, Sergeant, gibt es hier keine Son-
derbehandlung – weder im Guten noch im
Schlechten. Hier braucht ein Mann nichts

weiter zu tun, als sich zu bewähren. Wer im Schießstand gut abschneidet, kriegt Wochenendurlaub. Wer beim Exerzieren gut abschneidet, kriegt auch Wochenendurlaub. Weil er ihn *verdient* hat.» Er drehte sich um und deutete mit dem Finger auf mich. «Sie sind Jude, nicht wahr, Marx?»

«Jawohl, Sir.»

«Und ich bewundere Sie. Ich bewundere Sie wegen der Bänder auf Ihrer Brust. Ich beurteile einen Mann danach, wie er sich auf dem Schlachtfeld benimmt, Sergeant. Für mich zählt nur das, was er *hier* hat», sagte er und zeigte nicht etwa auf sein Herz, wie ich erwartet hatte, sondern auf die Knöpfe, die seinen Waffenrock mühsam über dem Bauch zusammenhielten. «Mumm im Leib», sagte er.

«Okay, Sir, ich wollte Ihnen nur berichten, wie die Mannschaften darüber denken.»

«Mr. Marx, Sie werden vor der Zeit altern, wenn Sie sich um die Gedanken und Gefühle der Mannschaften kümmern. Überlassen Sie das dem Feldkaplan – so was ist seine Aufgabe, nicht Ihre. Wir wollen diesen Burschen nur beibringen, ordentlich zu schießen. Wenn die jüdischen Mannschaften glauben, daß die anderen sie für Drückeberger halten ... na, da weiß ich wirklich nicht ... Ist ja 'ne komische

Sache – plötzlich brüllt der liebe Gott so laut in Soldat Grossbarts Ohr, daß der unbedingt in die Kirche rennen muß.»

«In die Synagoge», sagte ich.

«Synagoge – richtig, Sergeant. Ich werde mir's aufschreiben, könnte ja noch mal nützlich sein. Danke, daß Sie gekommen sind.»

Am Abend, kurz bevor die Kompanie zum Essenappell antrat, rief ich den Unteroffizier vom Dienst, Korporal Robert LaHill, zu mir herein. Er war ein vierschrötiger, dunkelhaariger Bursche, bei dem sich an jeder nur möglichen Stelle Haare aus der Uniform ringelten. Der glasige Blick seiner Augen ließ einen an Höhlen und Dinosaurier denken. «LaHill», sagte ich, «erinnern Sie beim Appell die Leute daran, daß es ihnen *jederzeit* freisteht, am Gottesdienst ihrer Religionsgemeinschaft teilzunehmen. Sie haben sich nur im Ordonnanzzimmer zu melden, bevor sie das Camp verlassen.»

LaHill zuckte nicht mit der Wimper; er kratzte sich am Handgelenk, und nichts deutete darauf hin, daß er meine Worte gehört oder verstanden hatte.

«LaHill», sagte ich, «*Kirche*. Erinnern Sie sich? Kirche, Priester, Messe, Beichte …»

Seine Oberlippe verzog sich zu der Andeu-

49

tung eines Lächelns; ich nahm das als Zeichen, daß er für eine Sekunde zur menschlichen Rasse zurückgekehrt war.

«Jüdische Mannschaften, die heute abend am Gottesdienst teilnehmen wollen, haben um neunzehn Uhr vor dem Ordonnanzzimmer anzutreten.» Und sicherheitshalber fügte ich hinzu: «Befehl von Hauptmann Barrett.»

Wenig später, als sich die sanfteste Dämmerung jenes Jahres über Camp Crowder breitete, erklang vor meinem Fenster LaHills heisere, monotone Stimme: «Alle mal herhören. Ich soll euch vom Sergeant sagen, daß alle jüdischen Mannschaften um neunzehn Uhr hier anzutreten haben, wenn sie in die jüdische Messe gehen wollen.»

Um sieben Uhr blickte ich aus dem Fenster: Drei Soldaten in Ausgehuniform standen auf dem staubigen Hof. Sie schauten auf ihre Uhren, bewegten nervös den Kopf und flüsterten miteinander. Es wurde immer dunkler, und die einsamen Gestalten auf dem leeren Hof sahen winzig klein aus. Als ich die Tür öffnete, hörte ich den Lärm der G.I.-Party, der aus den umliegenden Baracken drang – Pritschen wurden an die Wand geschoben, aus den Leitungen floß Wasser in Eimer, Reisigbesen kratzten über die Fußbö-

den und fegten für die Samstaginspektion
den Dreck weg. An den Fensterscheiben krei-
sten dicke Stoffbäusche. Ich ging hinaus, und
in dem Augenblick, da ich die Schwelle über-
schritt, glaubte ich zu hören, daß Grossbart
den beiden anderen zurief: «'chtung!» Oder
vielleicht bildete ich mir nur ein, diesen Befehl gehört zu haben, weil sie alle drei gleich-
zeitig Haltung annahmen. Grossbart trat
vor. «Vielen Dank, Sir», sagte er.

«Sergeant, Grossbart», erinnerte ich ihn.
«Nur Offiziere werden mit ‹Sir› angeredet.
Ich bin kein Offizier. Sie sind seit drei Wo-
chen in der Armee – also wissen Sie das.»

Er drehte beide Handflächen nach außen,
um anzudeuten, daß er und ich in Wahrheit
jenseits des Konventionellen lebten. «Jedenfalls danken wir Ihnen.»

«Ja», sagte der hochgewachsene Junge
hinter ihm. «Vielen Dank.»

Und der dritte flüsterte: «Danke», aber
sein Mund bewegte sich kaum, so daß nichts
als ein Lippenzucken seine Habtachtstellung
veränderte.

«Wofür?» fragte ich.

Grossbart schnaufte glückselig. «Für die
Bekanntmachung vorhin. Für das, was der
Korporal gesagt hat. Es hat geholfen. Die Sa-
che ist dadurch ...»

«Gefälliger geworden», ergänzte der Hochgewachsene.

Grossbart lächelte. «Er meint offiziell, Sir. Amtlich», sagte er zu mir. «Jetzt sieht's nicht mehr so aus, als ob wir weglaufen und uns vor der Arbeit drücken wollten.»

«War ein Befehl von Hauptmann Barrett», erklärte ich.

«Na ja, aber Sie haben doch bestimmt etwas nachgeholfen», meinte Grossbart. «Und dafür sagen wir danke.» Er drehte sich nach seinen Gefährten um. «Sergeant Marx, ich möchte Ihnen Larry Fishbein vorstellen.»

Der hochgewachsene Junge trat vor und streckte mir die Hand hin. Ich nahm sie. «Aus New York?» fragte er mich.

«Ja.»

«Ich auch.» Er hatte ein leichenblasses Gesicht, das sich von den Backenknochen bis zum Unterkiefer tief nach innen wölbte, und wenn er lächelte – wie er es tat, als er erfuhr, daß wir beide aus derselben Stadt kamen –, dann wurde ein Mundvoll schlechter Zähne sichtbar. Er blinzelte häufig, als versuche er, Tränen zurückzudrängen. «Welcher Stadtteil?» fragte er.

Ich wandte mich an Grossbart. «Es ist fünf nach sieben. Wann fängt der Gottesdienst an?»

«Die *Schul*», verbesserte er mich lächelnd. «In zehn Minuten. Darf ich Ihnen Mickey Halpern vorstellen? Mickey, das ist Nathan Marx, unser Sergeant.»

Der dritte Junge sprang vor. «Soldat Michael Halpern.» Er salutierte.

«Salutiert wird nur vor Offizieren, Halpern.» Der Junge ließ die Hand sinken; in seiner Nervosität fühlte er bei der Abwärtsbewegung nach, ob seine Brusttaschen zugeknöpft waren.

«Soll ich die beiden hinführen, Sir?» fragte Grossbart. «Oder kommen Sie mit?»

Hinter Grossbart krähte Fishbein: «Nachher gibt's Erfrischungen. Weibliches Hilfskorps aus St. Louis, hat uns der Reb vorige Woche gesagt.»

«Der Rabbiner», flüsterte Halpern.

«Wäre nett, wenn Sie mitkämen», sagte Grossbart.

Um nicht antworten zu müssen, blickte ich zur Seite, und dabei entdeckte ich an den Barackenfenstern eine Menge Gesichter, die uns vier anstarrten.

«Vorwärts, Grossbart, beeilen Sie sich.»

«Okay», sagte er. Und zu den anderen: «Laufschritt – marsch, marsch!» Sie rannten los, aber nach wenigen Schritten drehte sich Grossbart um und rief mir im Laufen zu:

53

« *Gut Schabbes*, Sir.» Und dann verschwanden die drei in der Dämmerung von Missouri.

Auch nachdem sie den Exerzierplatz überquert hatten, dessen Grün nun ein tiefes Nachtblau war, hörte ich Grossbart den Takt des Laufschritts angeben, und während es dunkler und dunkler wurde, rührten diese Rufe plötzlich an eine verborgene Erinnerung – genau wie das schrägfallende Licht es tat –, und ich entsann mich der schrillen Rufe auf einem Spielplatz nahe dem Grand Concourse in Bronx, wo ich vor vielen Jahren an langen Frühlingsabenden wie diesem gespielt hatte. Die dünnen, verklingenden Töne... Es waren angenehme Gedanken für einen jungen Mann, der so weit von Heimat und Frieden entfernt war, und so viele Erinnerungen stiegen auf, daß mich eine tiefe Rührung überkam. Ich verlor mich in Träumereien, bis ich zu spüren glaubte, wie sich eine Hand nach mir ausstreckte und tief in mein Inneres griff. Sie mußte sehr tief greifen, um mich zu erreichen. Sie mußte vorbeigreifen an jenen Tagen in den Wäldern Belgiens, vorbei an jenen Toten, die ich nicht hatte beweinen wollen, vorbei an jenen Nächten in deutschen Bauernhäusern, wo wir Bücher verbrannten, um uns zu wärmen, vorbei an jenen endlosen

Zeiträumen, in denen ich alle Milde verdrängte, die ich für meine Mitmenschen hätte fühlen können, und in denen es mir sogar gelang, auf die Prahlerei zu verzichten, die ich als Jude mir wohl hätte erlauben können, als meine Stiefel über die Trümmer von Wesel, Münster und Braunschweig stapften.

Nun aber genügte ein nächtliches Geräusch, ein Widerhall von Heimat und fernen Zeiten, damit meine Erinnerung wach wurde, alles aufriß, was ich betäubt hatte, und bis zu dem vorstieß, was – wie ich plötzlich erkannte – mein Ich war. Es ist also nicht weiter verwunderlich, daß ich in dem Bemühen, mehr von mir selbst zu finden, Grossbarts Spuren folgte und die Kapelle Nr. 3 betrat, wo die jüdischen Gottesdienste abgehalten wurden.

Ich setzte mich in die letzte Reihe, die leer war. Zwei Reihen vor mir saßen Grossbart, Fishbein und Halpern, und jeder von ihnen hielt einen kleinen weißen Pappbecher in der Hand. Der Fußboden stieg nach hinten zu an, und so konnte ich die drei mühelos beobachten. Fishbein goß den Inhalt seines Bechers in den von Grossbart, und Grossbart lächelte freudig, als die Flüssigkeit zwischen seiner und Fishbeins Hand einen purpurnen Bogen beschrieb. In dem grellen gelben Licht sah ich

55

den Rabbiner, der vorn stand und das Gebet vortrug. Grossbarts Gebetbuch lag geschlossen auf seinen Knien; er drehte den Becher hin und her. Nur Halpern betete mit. Die Finger seiner rechten Hand spreizten sich auf dem Deckel des aufgeschlagenen Buches, und seine Mütze war tief in die Stirn gezogen, so daß sie rund wie eine *Jameke* aussah. Von Zeit zu Zeit befeuchtete Grossbart seine Lippen am Rande des Bechers; Fishbein, dessen langes, gelbliches Gesicht an eine verlöschende Glühbirne erinnerte, blickte hierhin und dorthin, verdrehte den Kopf, um die Leute in seiner Reihe, in der Reihe vor ihm und in der hinter ihm zu betrachten. Dabei erspähte er mich, und seine Augenlider schlugen einen Trommelwirbel. Sein Ellbogen stieß in Grossbarts Seite, sein Hals neigte sich zu dem Freund hin, und als dann die Gemeinde dem Rabbiner antwortete, war Grossbarts Stimme dabei. Auch Fishbein sah nun in sein Buch, aber seine Lippen bewegten sich nicht.

Schließlich war es Zeit, den Wein zu trinken. Der Rabbiner lächelte auf sie hinunter, als Grossbart den Becher auf einen Zug leerte, Halpern nachdenklich nippte und Fishbein mit seinem leeren Becher Frömmigkeit vortäuschte.

Dann sprach der Rabbiner. «In unserer Gemeinde» – er grinste bei diesem Wort – «sehe ich heute viele neue Gesichter, und ich heiße euch alle bei dem Freitagabendgottesdienst in Camp Crowder herzlich willkommen. Ich bin Major Leo Ben Ezra, euer Rabbiner ...» Obwohl er Amerikaner war, sprach er sehr deutlich; er artikulierte so sorgfältig, als wende er sich vor allem an diejenigen, die ihm die Worte von den Lippen ablasen. «Ich habe euch noch etwas zu sagen, bevor wir uns in den Erfrischungsraum begeben, wo die freundlichen Damen des Tempels Sinai in St. Louis, Missouri, alles sehr hübsch herge- richtet haben.»

Beifall und Pfeifen brachen los. Der Rabbi- ner lächelte, hob dann der Gemeinde die Handflächen entgegen, und seine Augen deu- teten rasch nach oben, als wolle er die Solda- ten daran erinnern, wo sie sich befanden und wer sonst noch anwesend sein könnte. In der Stille, die plötzlich eintrat, glaubte ich Gross- barts gackernde Stimme zu hören: «Sollen doch die *Gojim* die Dielen scheuern!» Waren das die Worte? Ich war nicht sicher, aber Fishbein grinste und gab Halpern einen Rip- penstoß. Halpern sah ihn verständnislos an und wandte sich wieder seinem Gebetbuch zu, mit dem er sich auch während der Rede des Rabbiners beschäftigt hatte. Er zupfte an dem lockigen schwarzen Haar, das unter seiner Mütze hervorquoll. Seine Lippen bewegten sich.

Der Rabbiner sprach weiter. «Das, was ich zu sagen habe, betrifft das Essen. Ich weiß, ich weiß, ich weiß», sagte er müde, «daß den meisten von euch das *trefene* Essen wie Asche schmeckt. Ich weiß, wie übel so manchem davon wird, ich weiß auch, wie eure Eltern bei dem Gedanken leiden, daß ihre Kinder unreine Speisen essen, die den Gaumen anwidern. Was soll ich euch sagen? Ich kann nur sagen, macht die Augen zu und schluckt, so gut ihr könnt. Eßt nicht mehr, als zum Leben notwendig ist, und werft das übrige fort. Ich wollte, ich könnte mehr für euch tun. Diejenigen, denen es unmöglich scheint, sich zu überwinden, möchte ich bitten, es immer wieder zu versuchen, aber wenn euer Abscheu zu groß ist, dann kommt privat zu mir, und wir werden uns bemühen, bei höheren Stellen Hilfe zu suchen.»

Ein allgemeines Raunen erhob sich und verstummte; dann sangen alle das *En kelohenoh*, und ich entdeckte, daß ich nach all den Jahren die Worte noch wußte.

Kaum war der Gottesdienst zu Ende, da stürzte Grossbart auf mich zu. «Höhere Stellen? Meint er den General?»

58

«Unsinn, Shelly», unterbrach ihn Fishbein, «er meint Gott.» Er schlug sich auf die Wange und blickte Halpern an. «Wie hoch kann man schon gehen?»

«Pst», mahnte Grossbart. «Was meinen Sie, Sergeant?»

«Ich weiß nicht. Fragen Sie lieber den Rabbiner.»

«Werde ich tun. Ich gehe gleich zu ihm und bitte um eine private Unterredung. Und Mikkey auch.»

Halpern schüttelte den Kopf. «Nein, nein, Sheldon...»

«Du hast Rechte, Mickey. Die dürfen uns nicht so rumstoßen.»

«Ach, laß doch. Darüber regt sich meine Mutter auf, ich nicht.»

Grossbart sah mich an. «Gestern hat er gebrochen. Vom Gehackten. War alles Schweinefleisch und Gott weiß was noch.»

«Ich bin erkältet – davon kam's», sagte Halpern. Er machte aus seiner *Jameke* wieder eine Mütze.

«Und was ist mit Ihnen, Fishbein?» fragte ich. «Essen Sie sonst auch koscher?»

Er wurde rot, und das gab seiner gelblichen Haut eher einen grauen als einen rosigen Anflug. «So einigermaßen. Aber mir macht's nichts aus. Ich hab einen sehr guten

59

Magen. Und ich esse sowieso nicht viel ...»
Als ich den Blick nicht von ihm abwandte,
hob er die linke Hand und deutete, um seine
Worte zu bekräftigen, auf das Uhrarmband,
das ins letzte Loch geschnallt war.

«Und der Gottesdienst? Bedeutet der Ihnen etwas?» erkundigte ich mich.

Er schaute auf Grossbart. «Natürlich,
Sir.»

«Sergeant.»

«Zu Hause nicht so sehr», sagte Grossbart
und drängte sich zwischen uns, «aber in der
Fremde. Man muß doch an irgendwas merken, daß man Jude ist.»

«Wir müssen zusammenhalten», fügte
Fishbein hinzu.

Ich wandte mich zum Gehen. Halpern trat
zurück, um mir Platz zu machen.

«Genau das ist ja in Deutschland passiert», sagte Grossbart laut genug, daß ich es
hörte. «Da haben sie nicht zusammengehal-
ten. Sie haben sich rumstoßen lassen.»

Ich drehte mich um. «Grossbart, wir sind
hier in der Armee, nicht im Ferienlager.»

Er lächelte. «Na und?»

Halpern wollte sich verdrücken, aber
Grossbart hielt ihn am Arm fest.

«Grossbart», fragte ich, «wie alt sind
Sie?»

60

«Neunzehn.»

«Und Sie?» sagte ich zu Fishbein.

«Genauso alt. Auf den Monat sogar.»

«Und er?» Ich deutete auf Halpern, dem es nun doch geglückt war, die Tür zu erreichen.

«Achtzehn», flüsterte Grossbart. «Ein Jüngelchen – man denkt immer, er kann noch nicht mal seine Schuhe zuschnüren oder sich allein die Zähne putzen. Mir tut er leid.»

«Mir tun wir alle leid, Grossbart, aber benehmen Sie sich gefälligst wie ein Mann. Übertreiben Sie's nicht.»

«Übertreiben? Was denn, Sir?»

«Diese Sir-Geschichte zum Beispiel. Übertreiben Sie die nicht», sagte ich und ließ ihn stehen. Ich ging an Halpern vorbei, der nicht aufsah. Dann war ich draußen – aber hinter mir hörte ich Grossbart rufen: «He, Mikkey, *mein Leben*, komm zurück. Erfrischungen!»

Mein Leben – so hatte meine Großmutter mich immer genannt.

Eines Morgens, acht Tage später – ich saß an meinem Schreibtisch –, schrie Hauptmann Barrett, ich solle in sein Büro kommen. Als ich eintrat, hatte er den Plastikunterhelm so

61

tief heruntergezogen, daß ich seine Augen nicht sehen konnte. Er telefonierte, und während er zu mir sprach, legte er die Hand über die Sprechmuschel.

«Wer, zum Teufel, ist Grossbart?»

«Dritter Zug, Herr Hauptmann», sagte ich. «Ein Rekrut.»

«Was soll diese Stänkerei wegen des Essens? Seine Mutter hat sich bei einem gottverdammten Abgeordneten über das Essen beschwert …» Er nahm die Hand von der Muschel und schob den Helm etwas höher, so daß der Bogen seiner unteren Augenwimpern sichtbar wurde. «Jawohl, Sir», sagte er ins Telefon. «Ich bin noch da, Sir. Marx ist bei mir, und ich frage ihn gerade …»

Er hielt die Muschel wieder zu und sah mich an. «Lightfoot Harry ist am Apparat», sagte er zwischen den Zähnen. «Dieser Abgeordnete ruft General Lyman an, der ruft Oberst Sousa an, der gibt's an den Major weiter und der an mich. Die brennen darauf, mir die Sache anzuhängen. Was ist denn los» – er schüttelte wütend den Hörer –, «geb ich den Leuten vielleicht nichts zu essen? Zum Teufel, was soll das?»

«Sir, Grossbart ist ein seltsamer Kauz…» Barrett reagierte auf diese Bemerkung mit einem mokanten Lächeln, und ich schlug

62

einen anderen Weg ein. «Herr Hauptmann, er ist ein streng orthodoxer Jude und darf daher gewisse Speisen nicht essen.»

«Er bricht, hat der Abgeordnete gesagt. Alles, was er ißt, bricht er wieder aus, behauptet seine Mutter.»

«Er ist an die Einhaltung der Speisegesetze gewöhnt, Herr Hauptmann.»

«Und deswegen muß sich seine alte Dame ans Weiße Haus wenden?»

«Jüdische Eltern sind überaus fürsorglich, Sir. Ich will sagen – Juden haben sehr enge familiäre Bindungen. Wenn ein Junge von zu Hause fortgeht, bringt das die Mutter manchmal ganz durcheinander. Wahrscheinlich hat der Junge in einem Brief irgend etwas *erwähnt*, was die Mutter als Beschwerde aufgefaßt hat.»

«Ich möchte ihm am liebsten ein paar in die Fresse hauen. Wir stecken mitten in einem gottverdammten Krieg, und er verlangt 'nen silbernen Teller!»

«Ich glaube nicht, daß es an dem Jungen liegt, Sir. Wir sollten mit ihm reden, dann kommt bestimmt alles ins Lot. Jüdische Eltern sind nun mal ängstlich...»

«Zum Donnerwetter, *alle* Eltern sind ängstlich. Aber sie setzen sich nicht aufs hohe Roß und lassen ihre Beziehungen spielen...»

Ich unterbrach ihn; meine Stimme klang höher, angespannter als bisher. «Das Familienleben ist sehr wichtig, Herr Hauptmann ... allerdings kann man's auch übertreiben, da haben Sie recht. Es ist etwas Wunderbares, Herr Hauptmann, aber gerade weil die Menschen so eng miteinander verbunden sind, kann so was...»

Er hörte nicht mehr auf meinen Versuch, mir selbst und Lightfoot Harry eine Erklärung für den Brief zu geben. Er wandte sich wieder dem Telefon zu. «Sir?» sagte er. «Sir, eben sagt mir Marx, daß jüdische Eltern dazu neigen, sich einzumischen. Er glaubt, daß er die Sache gleich hier in der Kompanie in Ordnung bringen kann, sagt er ... Jawohl, Sir ... Gewiß, ich rufe zurück, sobald ich kann ...» Er legte auf. «Wo sind die Leute, Sergeant?»

«Auf dem Schießplatz.»

Mit einem kräftigen Schlag drückte er seinen Helm über die Augen. Dann sprang er auf. «Los, kommen Sie.»

Der Hauptmann fuhr, und ich saß neben ihm. Es war ein warmer Frühlingstag, und ich hatte das Gefühl, daß sich meine Achselhöhlen unter dem frisch gestärkten Drillichanzug auflösten und über die Rippen tropften. Die Straßen waren trocken, und als wir den Schießplatz erreichten, knirschte der Staub zwischen meinen Zähnen, obgleich ich den Mund während der Fahrt kein einziges Mal aufgemacht hatte. Der Hauptmann trat heftig auf die Bremse und befahl mir, «diesen gottverdammten Kerl» herbeizuschaffen.

Ich suchte Grossbart und fand ihn. Er lag auf dem Bauch und feuerte wild drauflos. Hinter ihm standen Fishbein und Halpern und warteten, daß sie an die Reihe kämen. Fishbein trug eine randlose G.I.-Brille, die ich noch nie an ihm bemerkt hatte; er sah aus wie ein alter Hausierer, der einem nur zu gern das Gewehr und die Patronengurte verkauft hätte, mit denen er behängt war. Ich blieb bei den Munitionskisten stehen, da Grossbart noch immer das ferne Ziel mit Patronen besprühte. Fishbein schlenderte auf mich zu.

«Hallo, Sergeant Marx.»

«Wie geht's?» murmelte ich.

«Prima, danke. Sheldon schießt wirklich großartig.»

«Ich hab nicht drauf geachtet.»

«Ich kann's nicht so gut, aber ich glaube, so langsam kriege ich den Dreh raus ... Sergeant, wissen Sie, ich möchte ja nicht nach Sachen fragen, die mich nichts angehen ...»

Fishbein hielt inne. Er wollte offenbar vertraulich mit mir sprechen, aber der Lärm des Schießens zwang ihn zu schreien.

«Was gibt's denn?» fragte ich. Am Rande des Platzes sah ich Hauptmann Barrett im Jeep aufstehen, um nach mir und Grossbart Ausschau zu halten.

«Meine Eltern schreiben immerzu und wollen wissen, wo wir hingeschickt werden. Alle reden vom Pazifik. Mir ist's egal, aber meine Eltern ... Wenn ich sie beruhigen könnte, würde mir's bestimmt leichter fallen, mich aufs Schießen zu konzentrieren.»

«Ich habe keine Ahnung, wohin es geht, Fishbein. Versuchen Sie auf jeden Fall, sich zu konzentrieren.»

«Sheldon meint, Sie könnten vielleicht herausfinden...»

«Ich weiß überhaupt nichts, Fishbein. Machen Sie sich keine Sorgen, und lassen Sie sich nicht von Sheldon...»

«*Ich* mach mir ja keine Sorgen, Sergeant, aber zu Hause...»

Grossbart war jetzt fertig mit dem Schießen und klopfte den Staub von seinem Drillichzeug. Ich ließ Fishbein keine Zeit, den Satz zu beenden.

«Grossbart, der Hauptmann will Sie sprechen.»

Er trat zu uns. Seine Augen strahlten und zwinkerten. «Hallo!»

«Halten Sie das verdammte Gewehr nach unten!»

«Na, Sie würde ich doch nie erschießen, Chef.» Sein Lächeln war breit wie ein Kürbis, als er den Lauf senkte.

«Zum Donnerwetter, Grossbart, das ist kein Scherz. Kommen Sie mit.»

Ich ging voran und hatte den schrecklichen Verdacht, daß hinter mir Grossbart mit dem Gewehr über der Schulter *marschierte*, als wäre er eine Ein-Mann-Abteilung.

Am Jeep präsentierte er das Gewehr vor dem Hauptmann. «Soldat Sheldon Grossbart, Sir.»

«Rühren, Grossman.» Der Hauptmann rutschte auf den freien Vordersitz und winkte Grossbart mit gekrümmtem Finger heran.

«Bart, Sir. Sheldon *Grossbart*. Wird oft verwechselt.» Grossbart nickte mir zu – *ich* verstehe das, wollte er damit sagen. Ich sah zur Seite. In diesem Augenblick fuhr der Küchenwagen auf den Platz und spie ein halbes Dutzend Helfer mit aufgerollten Ärmeln aus. Ihr Unteroffizier brüllte sie an, während sie die Essenkübel abluden.

«Grossbart, Ihre Mutter hat an irgendeinen Abgeordneten geschrieben, daß wir Sie hier nicht richtig verpflegen», sagte der Hauptmann. «Wissen Sie das?»

«Es war mein Vater, Sir. Er hat an den Abgeordneten Franconi geschrieben, daß mir meine Religion den Genuß bestimmter Speisen verbietet.»

«Welche Religion ist das, Grossbart?»

«Die jüdische.»

«Die jüdische, *Sir*», verbesserte ich ihn.

«Verzeihung, Sir. Die jüdische, Sir.»

«Wovon haben Sie denn bisher gelebt?» erkundigte sich der Hauptmann. «Sie sind seit einem Monat in der Armee und sehen nicht aus, als wären Sie am Verhungern.»

«Ich esse, weil ich muß, Sir. Aber Sergeant Marx kann bezeugen, daß ich nicht einen Bissen mehr esse, als zum Weiterleben notwendig ist.»

«Marx», fragte Barrett, «stimmt das?»

«Ich habe Grossbart nie essen sehen, Sir», sagte ich.

«Sie haben aber den Rabbiner gehört», warf Grossbart ein. «Er hat uns gesagt, was wir tun sollen, und daran halte ich mich.»

Der Hauptmann schaute mich an. «Na, Marx?»

«Ich weiß trotzdem nicht, wie viel oder wie wenig er ißt, Sir.»

Grossbart hob beschwörend die Arme, und für einen Augenblick sah es aus, als wollte er mir sein Gewehr überreichen. «Sergeant...»

«Sie haben hier nur dem Herrn Hauptmann zu antworten, Grossbart», sagte ich scharf.

Barrett lächelte mir zu, und das ärgerte mich. «Schon gut, Grossbart», sagte er. «Was wollen Sie eigentlich? Das gewisse Papierchen? Den Entlassungsschein?»

«Nein, Sir. Mir geht's nur darum, daß wir wie Juden leben dürfen, ich und die anderen.»

«Welche anderen?»

«Fishbein, Sir, und Halpern.»

«Denen paßt also unsere Verpflegung auch nicht?»

«Halpern bricht, Sir. Ich hab's gesehen.»

«Ich dachte, *Sie* brechen.»

«Nur einmal, Sir. Ich wußte nicht, daß die Wurst Wurst war.»

«Wir werden Speisekarten ausgeben, Grossbart. Wir werden Lehrfilme über unsere Nahrungsmittel laufen lassen, damit Sie Bescheid wissen, wenn wir versuchen, Sie mit Gift zu füttern.»

Grossbart antwortete nicht. Inzwischen hatten sich die Mannschaften aufgestellt, um

Essen zu fassen. Sie bildeten zwei lange Reihen, und am Ende der einen entdeckte ich Fishbein – oder besser, seine Brille entdeckte mich. Sie winkte und blinkte mir im Sonnenlicht zu. Neben Fishbein tupfte Halpern seinen Hals unter dem Kragen mit einem khakifarbenen Taschentuch ab. Sie bewegten sich mit der Reihe, die anfing, sich vorwärts zu schieben. Der Küchenunteroffizier brüllte noch immer seine Leute an. Der Gedanke, daß der Unteroffizier in Grossbarts Problem verwickelt werden könnte, erfüllte mich für einen Augenblick mit Entsetzen.

«Kommen Sie her, Marx», sagte der Hauptmann zu mir. «Marx, Sie sind doch Jude, nicht wahr?»

Ich verzog keine Miene. «Jawohl, Sir.»

«Wie lange sind Sie schon in der Armee? Sagen Sie's dem Jungen.»

«Drei Jahre und zwei Monate.»

«Ein Jahr an der Front, Grossbart. Zwölf gottverdammte Monate an der Front, durch ganz Europa hindurch. Ich bewundere diesen Mann», sagte der Hauptmann und schlug mir mit dem Handgelenk auf die Brust. «Aber hören Sie ihn vielleicht übers Essen meckern?»

«Nein, Sir.»

«Und warum nicht? Er ist doch Jude.»

70

«Es gibt eben Juden, für die manche Dinge wichtig sind, und es gibt andere, die keinen Wert darauf legen.»

Barrett explodierte. «Hören Sie, Grossbart, Sergeant Marx ist ein patenter Kerl, ein gottverdammter *Held*. Er hat Nazis getötet, als Sie noch die Schulbank drückten. Wer tut denn mehr für die Juden – Sie, der Sie sich wegen eines lausigen Stücks Wurst übergeben, bloß weil erstklassiges Schweinefleisch drin ist, oder Marx, der die Nazi-Bastarde umgebracht hat? Wenn ich Jude wäre, Grossbart, würde ich diesem Mann die Füße küssen. Er ist ein gottverdammter Held, wissen Sie das? Und *er* ißt, was er von uns kriegt. Ich frage mich nur, warum *Sie* Schwierigkeiten machen müssen! Worauf sind Sie eigentlich aus? Auf Ihre Entlassung?»

«Nein, Sir.»

«Mein Gott, ich rede zu einer *Wand*! Sergeant, schaffen Sie ihn mir aus den Augen!» Barrett warf sich auf den Fahrersitz. «Ich werde mit dem Rabbiner sprechen!» Der Motor heulte auf, der Jeep sauste herum, und der Hauptmann, in eine Staubwolke eingehüllt, fuhr ins Lager zurück.

Einen Augenblick lang standen Grossbart und ich nebeneinander und sahen dem Jeep nach. Dann schaute er mich an und sagte:

«Ich will keine Schwierigkeiten machen. Das ist immer das erste, was uns vorgeworfen wird.»

Während er sprach, fielen mir seine tadellosen weißen Zähne auf, und plötzlich begriff ich, daß er tatsächlich Eltern hatte. Jemand war regelmäßig mit dem kleinen Sheldon zum Zahnarzt gegangen. Er war jemandes Sohn. Obgleich Grossbart so viel von seinen Eltern redete, hatte ich Mühe, ihn mir als Kind vorzustellen, als Erben – als Blutsverwandten von irgend jemand, von Mutter, Vater oder vor allem von mir. Aber er war jemandes Sohn, und diese Erkenntnis zog eine zweite nach sich.

«Welchen Beruf hat Ihr Vater, Grossbart?» fragte ich, als wir zur Essensausgabe hinübergingen.

«Er ist Schneider.»

«Amerikaner?»

«Jetzt ja. Ein Sohn in der Armee», sagte er lächelnd.

«Und Ihre Mutter?»

Er zwinkerte mir zu. «Hausfrau. Und was für eine – nicht mal nachts legt sie das Staubtuch aus der Hand.»

«Ist sie auch eingewandert?»

«Sie spricht bis zum heutigen Tag nur Jiddisch.»

«Und Ihr Vater?»

«Ein bißchen Englisch. ‹Reinigen›, ‹bügeln›, ‹Hosen enger machen›... Das ist so ungefähr alles. Aber sie sind gut zu mir...»

«Dann, Grossbart ...» Ich packte ihn am Arm und zwang ihn stehenzubleiben. Er wandte sich mir zu, und als unsere Blicke sich trafen, schienen seine Augen zitternd in ihre Höhlen zurückzuweichen. Offenbar hatte er Angst. «Dann haben Sie also diesen Brief geschrieben, Grossbart, nicht wahr?»

Es dauerte nur ein oder zwei Sekunden, bis seine Augen wieder aufleuchteten. «Ja.» Er ging weiter, und ich hielt Schritt mit ihm. «Aber genau das *hätte* mein Vater geschrieben, wenn er so viel Englisch könnte. Und immerhin stand ja sein Name darunter. *Er* hat unterschrieben. Er hat auch den Brief abgeschickt. Darum hatte ich ihn gebeten. Wegen des New Yorker Poststempels.»

Ich war überrascht, und er merkte es. Mit ernster Miene streckte er seinen rechten Arm aus. «Blut ist Blut, Sergeant», sagte er und kniff die Ader am Handgelenk zusammen.

«Zum Teufel, was *wollen* Sie eigentlich, Grossbart? Ich habe Sie nämlich essen sehen. Wissen Sie das? Dem Hauptmann habe ich gesagt, daß ich nicht weiß, was Sie essen, aber ich habe gesehen, wie Sie reinhauen.»

«Wir arbeiten schwer, Sergeant. Wir sind in der Ausbildung. Wenn ein Hochofen arbeiten soll, muß man ihn mit Kohle füttern.»

«Und warum, Grossbart, haben Sie in dem Brief gesagt, daß Sie sich dauernd übergeben?»

«Damit habe ich eigentlich Mickey gemeint. Von sich aus würde der ja nie schreiben, Sergeant, obgleich ich mir den Mund fusselig geredet habe. Er wird noch eingehen, wenn ich ihm nicht helfe. Sergeant, ich habe in meinem Namen geschrieben, im Namen meines Vaters, aber ich muß auch für Mickey und Fishbein sorgen.»

«Sie sind also ein richtiger Messias, was?»

Wir waren bei der Essensschlange angekommen.

«Guter Witz, Sergeant.» Er lächelte. «Aber wer weiß? Wer kann's sagen? Vielleicht sind Sie der Messias ... ein Stückchen Messias. Mickey sagt, der Messias ist eine Kollektividee. Er ist eine Zeitlang in die *Jeschiwa* gegangen, der Mickey. Er sagt, wir *alle zusammen* sind der Messias. Ich bin ein Stückchen Messias, Sie sind ein Stückchen Messias und so weiter... Den Jungen sollten Sie reden hören, Sergeant, wenn der erst mal loslegt.»

«Ich ein Stückchen, Sie ein Stückchen. Das

74

möchten Sie wohl gern glauben, Grossbart, wie? Das macht für Sie alles so einfach.»

«Ist gar keine schlechte Sache, an so was zu glauben, Sergeant. Es bedeutet ja nur, daß wir alle etwas geben sollten...»

Ich ging fort, um mein Essen in Gesellschaft der anderen Unteroffiziere zu verzehren.

Einige Tage später landete ein an Hauptmann Barrett adressierter Brief auf meinem Schreibtisch. Er war bereits durch die ganze Befehlshierarchie gegangen – vom Büro des Abgeordneten Franconi, an den er gerichtet war, über General Lyman an Oberst Sousa und von dort an Major Lamont, der ihn an Hauptmann Barrett weitergeleitet hatte. Ich las das Schreiben zweimal durch. Es trug das Datum des 14. Mai – des Tages, an dem der Hauptmann auf dem Schießplatz mit Grossbart gesprochen hatte.

Sehr geehrter Herr Abgeordneter,
gestatten Sie mir zunächst, Ihnen für Ihre Bemühungen hinsichtlich meines Sohnes, des Soldaten Sheldon Grossbart, zu danken. Zum Glück konnte ich neulich abend mit Sheldon telefonieren, und ich glaube, daß ich die Sache nun-

75

mehr in Ordnung gebracht habe. Wie ich schon in meinem ersten Brief erwähnte, ist Sheldon ein tiefreligiöser Junge, und ich konnte ihn nur mit größter Mühe davon überzeugen, daß es seine gottgewollte Pflicht ist, die religiösen Gewissensqualen zum Wohle seines Vaterlandes und der gesamten Menschheit zu ertragen. Es war nicht leicht für mich, Herr Abgeordneter, aber zuletzt sah er es ein. Er sagte (ich habe mir seine Worte notiert, damit ich sie nie vergesse): «Ich glaube, Papa, du hast recht. Viele Millionen meiner jüdischen Brüder sind dem Feind zum Opfer gefallen, und wenn ich eine Zeitlang auf ein Teilchen meines Erbes verzichte, so ist das wohl das mindeste, was ich tun kann, um mitzuhelfen, daß dieser Kampf ein Ende nimmt und alle Kinder Gottes ihre Würde und Menschlichkeit wiedererlangen.» Auf diese Worte, Herr Abgeordneter, wäre wohl jeder Vater stolz.

Nebenbei bemerkt – Sheldon nannte mir den Namen eines Soldaten, der sich ebenfalls bemüht hat, ihn zur Einsicht zu bringen, und er bat mich, Ihnen zu sagen, daß es sich um Sergeant Nathan Marx handelt. Sergeant Marx hat an der

Front gekämpft und ist Sheldons Vorgesetzter. Dieser Mann hat meinem Sohn über die ersten Hürden hinweggeholfen, denen er sich in der Armee gegenübersah, und ihm ist es zum Teil zu verdanken, daß Sheldon seinen Standpunkt bezüglich der Speisegesetze geändert hat. Ich weiß, daß sich Sheldon über jede dem Sergeanten bezeigte Anerkennung sehr freuen würde.

Nochmals vielen Dank und alles Gute. Ich hoffe, Ihren Namen auch auf der nächsten Wahlliste zu finden.

Hochachtungsvoll
Samuel E. Grossbart

An das Grossbart-Kommuniqué war eine für General Marshall Lyman, den Standortkommandanten, bestimmte Mitteilung angeheftet. Der Abgeordnete Charles E. Franconi, Mitglied des Repräsentantenhauses, der sie unterzeichnet hatte, teilte General Lyman mit, daß Sergeant Nathan Marx der amerikanischen Armee und dem jüdischen Volk zur Ehre gereiche.

Was für ein Motiv steckte hinter Grossbarts Widerruf? Spürte er, daß er zu weit gegangen war? Bedeutete dieser Brief einen strategischen Rückzug – einen geschickten Versuch, das zu stärken, was er als unser Bündnis ansah? Oder hatte er im Verlauf eines imaginären Dialogs zwischen Grossbart *père* und *fils* wirklich seine Meinung geändert? Ich stand vor einem Rätsel, aber nur wenige Tage lang, das heißt, bis ich begriff, daß er aus irgendwelchen Gründen beschlossen hatte, sich von mir fernzuhalten: Er wollte in Zukunft nur noch ein Rekrut unter vielen sein. Ich sah ihn bei der Inspektion – nie blinzelte er mir zu; ich sah ihn beim Essenfassen – nie gab er mir ein Zeichen; sonntags saß er mit den anderen Rekruten am Rande des Sportplatzes und schaute dem Softballteam der Unteroffiziere zu, in dem ich Werfer war – nie sagte er etwas Unnötiges oder Ungewöhnliches zu mir. Fishbein und Halpern gingen mir ebenfalls aus dem Wege, zweifellos auf Grossbarts Befehl. Er hatte wohl eingesehen, daß es klüger war, den Rückzug anzutreten und sich nicht in die Gefahren unverdienter Privilegien zu stürzen. Die Trennung machte es mir möglich, ihm unsere früheren Zusammenstöße zu verzeihen und ihn schließlich sogar wegen seiner vernünftigen Haltung zu bewundern.

Von Grossbart war ich nun also befreit; ich gewöhnte mich auch allmählich an das

78

Leben in Camp Crowder und an die Verwaltungsarbeiten. Eines Tages stieg ich auf die Waage und entdeckte, daß ich tatsächlich ein Nichtkämpfer geworden war: Ich hatte sieben Pfund zugenommen. Ich brachte die Geduld auf, Bücher zu lesen, die ich vorher nach den ersten drei Seiten weggelegt hatte. Immer häufiger dachte ich an die Zukunft, und ich schrieb Briefe an Mädchen, die ich vor dem Krieg gekannt hatte – ich erhielt sogar ein paar Antworten. Ich ließ mir von der Columbia-Universität den Lehrplan der juristischen Fakultät schicken. Den Krieg im Pazifik verfolgte ich auch weiterhin, aber es war nicht *mein* Krieg. Ich glaubte, das Ende des Krieges sei in Sicht, und nachts träumte ich manchmal, daß ich durch die Straßen von Manhattan wanderte – Broadway, Third Avenue und 116. Straße –, wo ich drei Jahre lang gelebt hatte, als ich das Columbia College besuchte. Ich spann mich in diese Träume ein, und ich fing an, glücklich zu sein.

Und dann, eines Samstags, als alle fort waren und ich im Ordonnanzzimmer eine vier Wochen alte Nummer der *Sporting News* las, tauchte Grossbart wieder auf.

«Sind Sie Baseball-Fan, Sergeant?»
Ich blickte auf. «Wie geht's?»

«Famos», sagte Grossbart. «Die machen einen Soldaten aus mir.»

«Wie geht's Fishbein und Halpern?»

«Auch gut», sagte er. «Wir haben heute nachmittag keinen Dienst, und da sind sie ins Kino gegangen.»

«Wieso sind Sie nicht dabei?»

«Ich wollte Ihnen mal guten Tag sagen.»

Er lächelte – ein scheues Jungenlächeln, als ob sich unsere Freundschaft auf unerwartete Besuche, nicht vergessene Geburtstage und ausgeliehene Rasenmäher gründete. Zuerst ärgerte mich das, und dann wich dieses Gefühl einem allgemeinen Unbehagen, als mir klar wurde, daß ich mit Grossbart allein war, während alle anderen in einem dunklen Kino eingesperrt waren. Ich faltete meine Zeitung zusammen.

«Sergeant», begann er, «ich möchte Sie um einen Gefallen bitten. Es ist ein Gefallen, das sag ich Ihnen rundheraus.»

Er hielt inne, als wollte er mir die Möglichkeit geben, von vornherein abzulehnen – was mich natürlich zu einer Höflichkeit zwang, die ich gar nicht beabsichtigt hatte.

«Na, was gibt's?» fragte ich.

«Hm – eigentlich sind es sogar zwei Gefallen.»

Ich schwieg.

«Der erste hat mit diesen Gerüchten zu tun. Wohin wir geschickt werden, meine ich. Alle reden vom Pazifik.»

«Wie ich schon Ihrem Freund Fishbein sagte, habe ich keine Ahnung. Sie müssen's eben abwarten. Wie alle anderen auch.»

«Glauben Sie, daß vielleicht ein paar von uns nach Osten geschickt werden?»

«Nach Deutschland? Kann sein.»

«Nein, ich dachte an New York.»

«Glaube ich kaum, Grossbart. Ist sehr unwahrscheinlich.»

«Vielen Dank für die Information, Sergeant», sagte er.

«Das ist keine Information, Grossbart. Nur eine Vermutung.»

«Wäre natürlich schön, wenn's etwa doch klappte. Meine Eltern ... Sie wissen ja.» Er machte einen Schritt zur Tür hin und kam dann zurück. «Ach so – das andere. Darf ich das andere noch fragen?»

«Was denn?»

«Das andere ist – ich habe Verwandte in St. Louis, und die sagen, sie wollen mir ein richtiges *Pesach*-Essen geben, wenn ich hinkommen könnte. Wirklich, Sergeant, das würde mir sehr viel bedeuten.»

Ich stand auf. «Kein Urlaub während der Grundausbildung, Grossbart.»

«Aber wir haben von jetzt bis Montag morgen frei, Sergeant. Ich könnte wegfahren, ohne daß jemand was davon weiß.»

«Ich würde es wissen. Und Sie würden's wissen.»

«Das ist auch alles. Nur wir beide. Gestern abend habe ich meine Tante angerufen; die hätten Sie hören sollen! ‹Komm, komm›, hat sie gesagt. ‹Ich hab *gefilte Fisch, Kreen* und was sonst noch dazugehört.› Bloß einen Tag, Sergeant, ich nehm alles auf mich, wenn was passiert.»

«Der Hauptmann ist nicht da, und der müßte den Urlaubsschein unterschreiben.»

«Das könnten Sie doch tun.»

«Hören Sie mal, Grossbart...»

«Sergeant, seit zwei Monaten esse ich nichts als *trefe* – zum Verrecken ist das.»

«Ich denke, Sie haben beschlossen, sich damit abzufinden. Auf ein Teilchen Ihres Erbes zu verzichten.»

Er streckte anklagend den Finger aus. «Sie!» sagte er. «Das war nicht für Sie bestimmt!»

«Ich hab's aber gelesen.»

«Der Brief war an einen Abgeordneten gerichtet.»

«Grossbart, mir können Sie nichts vormachen. Sie *wollten* doch, daß ich's lese.»

82

«Warum verfolgen Sie mich, Sergeant?»

«Machen Sie hier keine Witze!»

«So was ist mir schon früher passiert, aber nie von den eigenen Leuten.»

«Raus mit Ihnen, Grossbart. Zum Teufel noch mal, verschwinden Sie!»

Er rührte sich nicht. «Sie schämen sich, das ist es. Und wir anderen müssen's ausbaden. Es heißt ja, daß Hitler Halbjude war, und wenn ich so was sehe, möcht ich's direkt glauben!»

«Was wollen Sie eigentlich von mir, Grossbart? Worauf gehen Sie aus? Sie fordern von mir Vergünstigungen, ich soll Ihnen anderes Essen verschaffen, ich soll herausfinden, wohin Sie geschickt werden, ich soll Ihnen Wochenendurlaub geben...»

«Sie reden sogar wie ein *Goi*!» Grossbart schüttelte die Faust. «Bitte ich etwa um Urlaub, weil Wochenende ist? Ein *Seder* ist doch was Heiliges oder nicht?»

Seder! Plötzlich fiel mir ein, daß *Pesach* schon vor Wochen gefeiert worden war. Ich sagte es Grossbart auf den Kopf zu.

«Stimmt», erwiderte er. «Wer bestreitet's denn? Vor einem Monat, und ich war auf dem Exerzierplatz und hab Hackfleisch gefressen! Und jetzt bitte ich Sie um nichts weiter als 'nen kleinen Gefallen – ich hab ge-

83

dacht, das würde ein jüdischer Junge verstehen. Meine Tante will was ganz Besonderes für mich tun ... einen Monat nachher will sie *Seder* feiern ... mir zuliebe ...» Unentwegt vor sich hinmurmelnd, ging er zur Tür.

«Kommen Sie zurück!» rief ich. Er blieb stehen und sah mich an. «Grossbart, warum können Sie nicht wie die anderen sein? Warum wollen Sie immer Ihren Kopf durchsetzen?»

«Weil ich Jude bin, Sergeant. Ich bin eben anders. Vielleicht nicht besser – aber anders.»

«Wir haben Krieg, Grossbart. Seien Sie wenigstens in dieser Zeit wie die anderen.»

«Ich denke nicht dran.»

«Was?»

«Ich denke nicht dran. Ich kann nicht aufhören, ich selbst zu sein, das ist alles.» Seine Augen füllten sich mit Tränen. «Es ist schwer, Jude zu sein. Aber jetzt begreife ich, was Mickey sagt – es ist noch schwerer, einer zu bleiben.» Er hob die Hand und deutete traurig auf mich. «Man sieht's ja an Ihnen.»

«Hören Sie auf zu heulen!»

«Hören Sie mit dem auf, hören Sie mit jenem auf, hören Sie damit auf! Hören *Sie* auf, Sergeant! Hören Sie auf, Ihr Herz vor den eigenen Leuten zu verschließen!» Er fuhr sich mit dem Ärmel übers Gesicht und rannte zur Tür. «Das mindeste, was wir füreinander tun können… das mindeste…»

Eine Stunde später sah ich Grossbart über den Exerzierplatz gehen. Er trug eine gestärkte Khakihose und hatte einen ledernen Campingbeutel in der Hand. Ich öffnete die Tür, und von draußen schlug mir die Hitze entgegen. Tiefe Stille, keine Menschenseele weit und breit – nur drüben vor der Kantine saßen vier Männer vom Küchenpersonal über einen Kessel gebeugt, schälten in der Sonne Kartoffeln und schwatzten.

«Grossbart!» rief ich.

Er wandte flüchtig den Kopf und ging weiter.

«Grossbart, kommen Sie her!»

Er machte kehrt und kam zögernd auf mich zu. Schließlich stand er vor mir.

«Wohin?» fragte ich.

«St. Louis. Mir ist alles egal.»

«Man wird Sie schnappen ohne Schein.»

«Dann wird man mich eben ohne Schein schnappen.»

«Man wird Sie einsperren.»

«Ich bin schon eingesperrt.» Er drehte sich um.

Ich ließ ihn nur einen Schritt gehen. «Kommen Sie mit», sagte ich, und er trottete hinter

85

mir her ins Büro, wo ich ihm auf der Maschine einen Urlaubsschein ausschrieb, den ich mit dem Namen des Hauptmanns und meinen Initialen unterzeichnete.

Er nahm den Schein entgegen; gleich darauf streckte er den Arm aus und ergriff meine Hand. «Sergeant, Sie haben keine Ahnung, was das für mich bedeutet.»

«Schon gut. Hoffentlich klappt alles.»

«Ich wollte, ich könnte Ihnen zeigen, wieviel das für mich bedeutet.»

«Tun Sie mir bloß keinen Gefallen mehr. Schreiben Sie nicht noch mal an Abgeordnete, daß sie mich lobend erwähnen sollen.»

Er lächelte. «Sie haben recht. Wird nicht mehr vorkommen. Aber lassen Sie mich irgendwas für Sie tun.»

«Na, dann bringen Sie mir ein Stückchen *gefilte Fisch* mit. Und jetzt verschwinden Sie.»

«Ja, den Fisch sollen Sie haben. Mit 'ner Mohrrübe und etwas Meerrettich. Das werde ich nicht vergessen.»

«Okay. Zeigen Sie dem Posten am Tor Ihren Schein. Und daß Sie zu niemandem darüber sprechen, verstanden?»

«Bestimmt nicht. Es ist zwar einen Monat zu spät – aber ich wünsche Ihnen einen guten *Jom Tow*.»

«Einen guten *Jom Tow*, Grossbart», sagte ich.

«Sie sind ein guter Jude, Sergeant. Nach außen hin tun Sie, als ob Sie ein Herz aus Stein hätten, aber in Wirklichkeit sind Sie ein feiner, anständiger Kerl. Ganz im Ernst.»

Diese letzten drei Worte rührten mich mehr, als es hätte tun dürfen. «Okay, Grossbart. Jetzt nennen Sie mich bloß noch ‹Sir›, und dann raus mit Ihnen.»

Er lief zur Tür, und fort war er. Ich war sehr zufrieden mit mir – sehr erleichtert, nicht länger gegen Grossbart kämpfen zu müssen. Und es hatte mich nichts gekostet. Barrett würde nie etwas davon erfahren, und selbst wenn – irgendeine Ausrede fand sich schon. Eine Zeitlang saß ich an meinem Schreibtisch und fühlte mich sehr behaglich. Dann flog die Drahttür auf, und Grossbart platzte herein. «Sergeant!» sagte er. Hinter ihm sah ich Fishbein und Halpern, beide in gestärkten Khakihosen, beide mit einem Campingbeutel in der Hand – genau wie Grossbart.

«Sergeant, ich hab Mickey und Larry abgefangen, als sie aus dem Kino kamen. Beinah hätte ich sie verfehlt.»

«Grossbart, habe ich Ihnen nicht verboten, über die Sache zu sprechen?»

87

«Aber meine Tante hat doch gesagt, ich könnte Freunde mitbringen. Ich sollte sogar welche mitbringen.»

«Hier bestimme ich, Grossbart – nicht Ihre Tante.»

Er sah mich ungläubig an. Dann zupfte er Halpern am Ärmel. «Mickey, sag ihm, was das für dich bedeuten würde.»

Halpern blickte mich an, zuckte die Achseln und gab zu: «Eine Menge.»

Fishbein trat unaufgefordert einen Schritt vor. «Für mich und meine Eltern würde es auch sehr viel bedeuten, Sergeant Marx.»

«Nein!» brüllte ich.

Grossbart schüttelte den Kopf. «Sergeant, ich könnte ja noch begreifen, wenn Sie's mir abgeschlagen hätten, aber wie Sie Mickey, einem *Jeschiwa*-Jungen, das antun können – also wirklich...»

«Ich tue Mickey nichts an. Sie haben den Bogen bloß etwas zu straff gespannt, Grossbart. *Sie* haben's ihm angetan.»

«Dann kriegt er eben meinen Schein», sagte Grossbart. «Ich gebe ihm die Adresse von meiner Tante und schreibe ihr ein paar Worte. Lassen Sie wenigstens ihn gehen.»

Und schon hatte er seinen Urlaubsschein in Halperns Hosentasche gestopft. Halpern sah mich an, Fishbein auch. Grossbart stand an der Tür und stieß sie auf. «Mickey, aber du bringst mir ein Stück *gefilte Fisch* mit, ja?» Damit verschwand er.

Wir drei blickten einander an, und dann sagte ich: «Halpern, geben Sie den Schein her.»

Er zog ihn aus der Tasche und reichte ihn mir. Fishbein war inzwischen zur Tür geschlendert. Er stand wartend da und deutete schließlich auf sich. «Und ich?» fragte er.

Seine unglaubliche Begriffsstutzigkeit war zuviel für mich. Ich ließ mich auf einen Stuhl fallen und fühlte, wie meine Pulse hinter den Augen klopften. «Fishbein», sagte ich, «Sie verstehen doch, daß ich's Ihnen nicht aus Bosheit abschlage, nicht wahr? Wenn die Armee mir gehörte, würde ich in der Kantine *gefilte Fisch* servieren. Mein Ehrenwort, ich würde *Kuchel* im Armeeladen verkaufen.»

Halpern lächelte.

«Sie verstehen mich, Halpern, was?»

«Jawohl, Sergeant.»

«Und Sie, Fishbein? Ich will keine Feinde. Ich bin genau wie Sie – ich will meine Zeit abdienen und nach Hause gehen. Was Ihnen hier fehlt, fehlt mir auch.»

«Wenn das so ist, Sergeant», unterbrach mich Fishbein, «warum kommen Sie dann nicht mit?»

«Wohin?»

«Nach St. Louis. Zu Shellys Tante. Wir werden 'nen richtigen *Seder* haben. Und ‹Versteck-die-Mazze› spielen.» Er zeigte grinsend seine schwärzlichen Zähne.

Ich sah Grossbart hinter der Drahttür auftauchen.

«Pssst!» Er schwenkte ein Blatt Papier. «Mickey, hier ist die Adresse. Sag ihr, ich konnte nicht weg.»

Halpern rührte sich nicht. Er blickte mich an, und wieder kroch das Zucken an seinen Armen hinauf in die Schultern. Ich nahm den Deckel von der Schreibmaschine und stellte den beiden Urlaubsscheine aus. «Geht», sagte ich, «geht alle drei.»

Ich dachte, Halpern wollte mir die Hand küssen.

Am Nachmittag saß ich in einer Bar in Joplin, trank Bier und lauschte mit halbem Ohr der Übertragung eines Baseballspiels aus St. Louis. Ich versuchte, mir über das klarzuwerden, worin ich verwickelt worden war, und mir kam der Gedanke, ob ich an dem Kampf mit Grossbart etwa ebensosehr schuld hatte wie er. Wer war ich denn, daß ich mich zur Großmut *zwingen* mußte? Wer war ich denn, daß ich so mißgünstig, so engherzig sein durfte? Schließlich verlangte ja niemand von mir, ich solle die Welt aus den Angeln heben. Hatte ich also ein Recht oder einen Grund, Grossbart zu quälen, wenn das bedeutete, daß ich auch Halpern quälen mußte und Fishbein, diesen häßlichen, gutmütigen Burschen? Aus den vielen Erinnerungen, die in den letzten paar Tagen auf mich eingestürmt waren, klang mir die Stimme meiner Großmutter entgegen: «Was machst du so ein Geschrei?» Das hatte sie ihre Tochter oft gefragt, beispielsweise wenn ich mich als Kind bei irgendeinem verbotenen Spiel gestoßen oder geschnitten hatte und meine Mutter deswegen mit mir zankte. Was ich brauchte, war eine tröstende Umarmung und ein Kuß, sie aber hielt mir meinen Ungehorsam vor! Meine Großmutter jedoch wußte: Mitgefühl ist stärker als Gerechtigkeit. Auch ich hätte das wissen müssen. Wer war denn Nathan Marx, daß er mit der Freundlichkeit wie ein Pfennigfuchser umging? Ganz gewiß, so sagte ich mir, wird der Messias – sollte er je erscheinen – nicht um kleine und kleinste Münzen feilschen. So Gott will, wird er die Menschen umarmen und küssen.

Als wir am nächsten Tag auf dem Sportplatz Softball spielten, beschloß ich, mich an Bob Wright zu wenden, der in der Schreib-

stube für die Truppenverlegungen zuständig
war. Vielleicht konnte er mir verraten, wohin
unsere Rekruten geschickt wurden, wenn
ihre Ausbildung in zwei Wochen beendet
war. Ich fragte ihn ganz beiläufig, als wir gerade nicht an der Reihe waren, und er sagte:
«Die kommen alle an die pazifische Front.
Vor ein paar Tagen hat Shulman den
Marschbefehl für deine Jungen ausgeschrie-
ben.»

Die Nachricht erschütterte mich, als wäre
ich der Vater von Halpern, Fishbein und
Grossbart.

In jener Nacht – ich wollte eben in den Schlaf
gleiten – klopfte jemand an meine Tür.

«Wer ist da?»

«Sheldon.»

Er trat ein. Einen Augenblick lang spürte
ich seine Gegenwart, ohne daß ich ihn sah.

«Na, wie war's?» fragte ich.

Nun hob sich seine Gestalt aus dem Dunkel heraus. «Großartig, Sergeant.» Er setzte
sich auf den Bettrand. Ich richtete mich auf.

«Und Sie?» fragte er. «Nettes Wochenende?»

«Ja.»

Er holte tief Luft – ein gleichsam väter-
licher Atemzug. «Die anderen schlafen

92

schon …» Ein Weilchen saßen wir schweigend zusammen, und ein Gefühl des Zuhauseseins breitete sich in meiner häßlichen kleinen Zelle aus: Die Haustür war abgeschlossen, die Katze draußen, die Kinder lagen wohlverwahrt im Bett.

«Sergeant, darf ich Ihnen was sagen? Was Privates?»

Ich antwortete nicht, und er schien zu wissen warum. «Hat nichts mit mir zu tun. Es ist wegen Mickey. Sergeant, noch nie hab ich für jemand das gefühlt, was ich für ihn fühle. Gestern nacht hab ich Mickey im Bett neben mir weinen hören. Herzzerreißend war das. Er hat richtig geweint und ganz laut geschluchzt.»

«Tut mir sehr leid.»

«Ich mußte mit ihm reden, damit er sich ein bißchen beruhigte. Er hat meine Hand festgehalten, Sergeant – wollte sie gar nicht mehr loslassen. War beinah hysterisch, der Junge. Immer wieder hat er gesagt, er möchte nur eines: wissen, wo wir hinkommen. Sogar wenn es wirklich der Pazifik wäre, würde er's leichter ertragen als diese Ungewißheit. Die bringt ihn noch um.»

Vor langer Zeit hatte jemand Grossbart gelehrt, daß nur durch Lügen die Wahrheit offenbar wird. Nicht, daß ich an Halperns

93

Tränen gezweifelt hätte – seine Augen waren immer rot gerändert. Aber ob wahr oder nicht, es wurde eine Lüge, als Grossbart davon sprach. Bei ihm war alles Strategie. Und – die Erkenntnis überkam mich mit der Gewalt einer Anklage – ich stand ihm darin nicht nach! Es gibt Strategien des Angriffs, doch es gibt auch solche des Rückzugs. Und da ich erkannte, daß ich selbst nicht frei von List und Tücke gewesen war, sagte ich ihm, was ich wußte. «Ihr kommt an die pazifische Front.»

Er seufzte, und das war keine Lüge. «Ich werd's ihm sagen. Ich wollte, es wäre anders.»

«Ich auch.»

Er stürzte sich auf meine Worte. «Können Sie da nicht irgendwas tun? Uns austauschen oder so?»

«Nein, ich kann überhaupt nichts tun.»

«Kennen Sie denn niemand in der Schreibstube?»

«Grossbart, auch das würde nichts helfen. Wenn euer Marschbefehl auf Pazifik lautet, dann bleibt's dabei.»

«Aber Mickey!»

«Mickey, Sie, ich – jeder muß mit, Grossbart. Da ist nichts zu machen. Vielleicht ist der Krieg zu Ende, bevor ihr rauskommt. Beten Sie um ein Wunder.»

«Aber...»

«Gute Nacht, Grossbart.» Ich streckte mich aus und war froh, als sich die Sprungfedern entspannten, ein Zeichen, daß Grossbart aufstand, um zu gehen. Ich konnte ihn jetzt deutlich sehen; sein Unterkiefer war herabgesunken, und er sah aus wie ein betäubter Boxer. Erst jetzt bemerkte ich die kleine Papiertüte in seiner Hand.

«Grossbart» – ich lächelte –, «ist das mein Geschenk?»

«Ach ja, Sergeant. Hier, von uns allen.» Er gab mir die Tüte. «Es ist Eierrolle.»

«Eierrolle?» Der Boden der Tüte fühlte sich feucht und fettig an. Ich öffnete sie – sicherlich hatte Grossbart gescherzt.

«Wir dachten, Sie mögen so was. Chinesische Eierrolle, wissen Sie. Wir dachten, daß Sie vielleicht gern chinesisch...»

«Was denn, Ihre Tante hat Ihnen Eierrolle vorgesetzt?»

«Sie war nicht zu Hause.»

«Grossbart, Sie haben mir doch erzählt, daß Ihre Tante Sie eingeladen hat. Sie und Ihre Freunde.»

«Ich weiß. Ich hab den Brief gerade noch mal gelesen. *Nächste* Woche.»

Ich stand auf und ging zum Fenster. «Grossbart», sagte ich, aber ich rief ihn nicht.

«Ja?»

«Was sind Sie eigentlich, Grossbart? Um Gottes willen, was sind Sie?»

Damit hatte ich ihm wohl zum erstenmal eine Frage gestellt, auf die er nicht sofort eine Antwort fand.

«Wie können Sie Menschen so mitspielen?»

«Sergeant, der freie Tag hat uns allen enorm gutgetan. Sie hätten bloß Fishbein sehen sollen – ganz verrückt ist der auf chinesisches Essen.»

«Aber der *Seder*», sagte ich.

«Wir haben mit dem Zweitbesten vorliebgenommen, Sergeant.»

Plötzlich spürte ich, wie die Wut auf mich zuraste. Ich wich ihr nicht aus.

«Grossbart, Sie sind ein Lügner! Sie sind ein Ränkeschmied, ein Gauner! Sie nehmen auf nichts Rücksicht! Auf gar nichts! Nicht auf mich, nicht auf die Wahrheit, nicht mal auf den armen Halpern! Sie mißbrauchen uns alle...»

«Sergeant, ich hab Mickey gern, bei Gott, ich hab ihn gern. Ich *liebe* Mickey, Sergeant. Ich versuche...»

«Sie versuchen! Sie haben ihn gern!» Ich stürzte auf Grossbart zu, packte ihn am Hemd und schüttelte ihn zornig. «Machen

Sie, daß Sie rauskommen! Verschwinden Sie, und kommen Sie mir nicht mehr unter die Augen! Wenn ich Sie nämlich zu sehen kriege, werde ich Ihnen das Leben verdammt sauer machen. Haben Sie mich verstanden?»

«Ja.»

Ich ließ ihn los, und als er gegangen war, hatte ich Lust, auf den Boden zu spucken, dorthin, wo er gestanden hatte. Die Wut in meinem Herzen stieg unaufhaltsam höher und höher. Sie verschlang mich, ergriff Besitz von mir, bis ich glaubte, mich nur durch Tränen oder eine Gewalttat von ihr befreien zu können. Ich riß die Tüte vom Bett, die Grossbart mir gegeben hatte, und warf sie mit aller Kraft zum Fenster hinaus. Am nächsten Morgen, als die Leute den Hof fegten, hörte ich den Aufschrei eines Rekruten, der nichts weiter erwartet hatte als die morgendliche Handvoll Zigarettenstummel und Bonbonpapier. «Eierrolle!» brüllte er. «Herr des Himmels, 'ne gottverdammte chinesische Eierrolle!»

Eine Woche später erhielt ich die Liste mit den Marschbefehlen. Ich sah sie durch und traute meinen Augen nicht. Alle Rekruten sollten nach Camp Stoneman, Kalifornien, und von dort an die pazifische Front transportiert werden. Alle Rekruten – mit einer einzigen Ausnahme: Soldat Sheldon Grossbart wurde nach Fort Monmouth, New Jersey, versetzt. Immer wieder las ich die Namen auf dem hektographierten Blatt. Dee, Farrell, Fishbein, Fuselli, Fylypowycz, Glinicki, Gromke, Gucwa, Halpern, Hardy, Helebrandt ... bis hinunter zu Anton Zygadlo – alle sollten sie noch vor Monatsende nach Westen geschickt werden. Alle außer Grossbart. Er hatte eine Beziehung spielen lassen – und ich war's nicht gewesen.

Ich griff zum Telefon und rief die Schreibstube an.

Die Stimme am anderen Ende sagte schneidig: «Korporal Shulman, Sir.»

«Geben Sie mir Sergeant Wright.»

«Wer ist am Apparat, Sir?»

«Sergeant Marx.»

Zu meiner Überraschung sagte die Stimme: «Oh.» Und dann: «Einen Augenblick, Sergeant.»

Shulmans *Oh* ließ mich nicht los, während ich auf die Verbindung mit Wright wartete. Warum *oh*? Wer war Shulman? Und dann ging mir plötzlich ein Licht auf: Ich hatte Grossbarts «Beziehung» entdeckt. Ja, ich hörte ihn förmlich an dem Tag, an dem er auf Shulman gestoßen war – im Armeeladen, auf

98

der Kegelbahn, vielleicht sogar beim Gottes-dienst. «Freut mich, Sie kennenzulernen. Wo sind Sie zu Hause? Bronx? Ich auch. Kennen Sie den Soundso? Und den Soundso? Ich auch! In der Schreibstube sind Sie? Wirk-lich? Sagen Sie mal, wie sind denn die Aus-sichten, nach Osten zu kommen? Läßt sich da nicht was arrangieren? Kleine Änderung? Schwindel, Betrug, Lüge? Wir müssen doch zusammenhalten, wissen Sie... Wenn die Ju-den in Deutschland...»

Jetzt meldete sich Bob Wright. «Wie geht's, Nate! Was macht der Arm, alter Werfer?»

«Alles bestens. Bob, ich wollte fragen, ob du mir einen Gefallen tun könntest.» Deut-lich hörte ich meine eigenen Worte, und sie erinnerten mich so sehr an Grossbart, daß mir die Durchführung meines Plans leichter fiel, als ich erwartet hatte. «Es hört sich viel-leicht verrückt an, Bob, aber ich habe hier – einen Burschen, der nach Monmouth beor-dert ist und der den Befehl geändert haben möchte. Ein Bruder von ihm ist in Europa ge-fallen, und er will unbedingt an die pazifische Front. Er sagt, er würde sich wie ein Feigling vorkommen, wenn er bis zuletzt in den Staa-ten bliebe. Ich weiß nicht, Bob, kann man da was tun? Einen anderen nach Monmouth schicken?»

99

«Wen?» fragte er mißtrauisch.

«Irgend jemand. Meinetwegen den ersten im Alphabet. Spielt gar keine Rolle. Der Junge hat nur gefragt, ob sich da nicht was machen läßt.»

«Wie heißt er?»

«Grossbart, Sheldon.»

Wright schwieg.

«Na ja», sagte ich, «es ist ein jüdischer Junge, und er dachte, ich könnte ihm weiterhelfen. Du weißt schon.»

«Ich glaube, ich kann's einrichten», sagte er schließlich. «Der Major hat sich seit Wochen nicht blicken lassen – tut zur Zeit Dienst auf dem Golfplatz. Ich will's versuchen, Nate, mehr kann ich nicht sagen.»

«Ich wäre dir dankbar, Bob. Bis Sonntag also.» Damit legte ich auf, in Schweiß gebadet.

Und am nächsten Tag kam der abgeänderte Befehl: Fishbein, Fuselli, Fylypowycz, Glinicki, Gromke, Grossbart, Gucwa, Halpern, Hardy... Der glückliche Soldat Harley Alton sollte nach Fort Monmouth kommen, wo man aus irgendwelchen Gründen einen Soldaten mit Infanterieausbildung haben wollte.

Nach dem Abendessen ging ich ins Ordonnanzzimmer zurück, um den Dienstplan für die Wachen in Ordnung zu bringen. Grossbart wartete auf mich. Er sprach als erster.

«Sie Schweinehund!»

Ich setzte mich an meinen Schreibtisch, und während er auf mich herabstarrte, begann ich, die notwendigen Änderungen in den Dienstplan einzutragen.

«Was haben Sie gegen mich?» schrie er. «Gegen meine Familie? Würden Sie davon sterben, wenn ich in der Nähe meines Vaters wäre? Gott weiß, wie viele Monate er noch zu leben hat.»

«Wieso?»

«Sein Herz», sagte Grossbart. «Er hat wohl nicht genug Kummer und Sorgen im Leben gehabt, daß Sie ihm noch mehr aufladen müssen. Ich verfluche den Tag, an dem ich Sie kennengelernt habe, Marx. Shulman hat mir erzählt, was da drüben passiert ist. Keine Grenzen kennt Ihr Antisemitismus, gar keine! Was Sie hier angerichtet haben, genügt Ihnen noch nicht. Sie müssen extra telefonieren! Sie wollen einfach, daß ich krepiere!»

Ich machte die letzten Eintragungen und stand auf, um zu gehen. «Gute Nacht, Grossbart.»

«Sie schulden mir eine Erklärung!» Er stellte sich mir in den Weg.

«Sheldon, Sie sind derjenige, der Erklärungen schuldet.»

Er sah mich finster an. «Ihnen?»

«Ja, mir auch. Hauptsächlich aber Fishbein und Halpern.»

«So ist's recht, verdrehen Sie nur alles. Ich bin keinem was schuldig, ich habe für die getan, was ich nur konnte. Ich glaube, jetzt hab ich das Recht, für mich selbst zu sorgen.»

«Wir müssen lernen, füreinander zu sorgen, Sheldon. Das haben Sie mir selbst gesagt.»

«Und das nennen Sie für mich sorgen, was Sie da getan haben?»

«Nicht für Sie – für uns alle.»

Ich schob ihn zur Seite und ging zur Tür. Hinter mir hörte ich sein wütendes Atmen, und es klang wie Dampf, der aus der Maschine seiner schrecklichen Kraft entwich.

«Ihnen wird schon nichts zustoßen», sagte ich von der Tür her. Und, so dachte ich, auch Fishbein und Halpern würde nichts zustoßen, nicht einmal an der pazifischen Front, vorausgesetzt, daß es Grossbart auch weiterhin gelang, die Unterwürfigkeit des einen und das Anlehnungsbedürfnis des anderen zu seinem Vorteil auszunutzen.

Ich stand vor dem Ordonnanzzimmer, aus dem Grossbarts Weinen klang. Drüben in den erleuchteten Baracken sah ich die Jungen in ihren Turnhemden auf den Pritschen sitzen. Sie sprachen über ihre Marschbefehle, wie sie es schon seit zwei Tagen taten. Mit einer Art ruhiger Nervosität putzten sie Schuhe, rieben Gürtelschnallen blank, räumten Wäsche fort und versuchten, so gut es ging, sich in ihr Schicksal zu fügen. Hinter mir schluckte Grossbart seine Tränen hinunter und fügte sich in das seine. Und nachdem ich mit aller Willenskraft dem Drang widerstanden hatte, hineinzugehen und um Vergebung für meine Rachsucht zu bitten, fügte auch ich mich in das, was mir auferlegt war.

Das Lied verrät nicht
seinen Mann

Vor fünfzehn Jahren, während des Berufs-
kundeunterrichts in der ersten Oberschul-
klasse, lernte ich ihn kennen, den früheren
Fürsorgezögling Alberto Pelagutti. In der ersten Woche stellte man mit meinen neuen
Klassenkameraden und mir unzählige Tests
an, um unsere Fähigkeiten, Mängel, Neigungen und Hemmungen zu ergründen. Am
Ende der Woche sollte Mr. Russo, der Be-
rufskundelehrer, die Fähigkeiten addieren,
die Mängel von ihnen subtrahieren und uns
mitteilen, für welche Berufe wir am besten
geeignet wären. Eine recht mysteriöse, aber
streng wissenschaftliche Angelegenheit. Ich
entsinne mich, daß wir zuerst einen «Vor-
liebe-Test» bekamen: «Was würden Sie lieber tun – dies, das oder jenes…» Albie Pelagutti saß links hinter mir, und während ich
an diesem ersten Tag in der Oberschule ver-
gnügt durch meinen Test schlenderte, hier
Fossilien untersuchte und dort Verbrecher
verteidigte, hob sich Albie gleich dem Innern
des Vesuvs in die Höhe und sank wieder in
sich zusammen, rollte, stampfte und blähte

104

sich auf seinem Stuhl. Traf er dann aber zu guter Letzt eine Entscheidung, so war sie unwiderruflich. Man hörte, wie sein Bleistift das Kreuzchen in die Spalte neben derjenigen Tätigkeit grub, die zu bevorzugen ihm am klügsten erschien. Seine inneren Qualen bestätigten das Gerücht, das ihm vorausgegangen war: der Siebzehnjährige kam geradewegs aus der Besserungsanstalt Jamesburg; dies war seine dritte Oberschule, und er saß zum drittenmal in der ersten Klasse; aber nun – ich hörte, wie ein weiteres Kreuz ins Papier gebohrt wurde – hatte er beschlossen, «anständig zu werden».

Als die Hälfte der Stunde herum war, erhob sich Mr. Russo. «Ich geh was trinken», sagte er. Russo legte großen Wert darauf, uns wissen zu lassen, daß er ein ehrlicher Kerl war und nicht, wie es andere Lehrer vielleicht getan hätten, durch die Vordertür hinausging, um sich zur Hintertür zu schleichen und festzustellen, ob wir sein Vertrauen mißbrauchten. Und wirklich – wenn er ankündigte, er wolle etwas trinken, hatte er bei seiner Rückkehr feuchte Lippen; wenn er davon sprach, in den Waschraum zu gehen, rochen wir nachher die Seife an seinen Händen. «Laßt euch Zeit, Jungens», sagte er, und die Tür schloß sich hinter ihm.

Seine schwarzen Schuhe mit den gesteppten Kappen stapften über die Marmorfliesen des Korridors, und fünf dicke Finger krallten sich in meine Schulter. Ich drehte mich um: Es war Pelagutti. «Was ist?» fragte ich. «Nummer sechsundzwanzig», knurrte Pelagutti. «Wie heißt die Antwort?» Ich sagte ihm wahrheitsgemäß: «Kannst dir irgendeine aussuchen.» Pelagutti beugte sich weit vor und starrte mich an. Er war plump wie ein Nilpferd, groß, schwarzhaarig und nicht allzu sauber; die kurzen Ärmel umschlossen die riesigen Arme so eng, als wollten sie seinen Blutdruck messen – der in diesem Moment bestimmt himmelhoch war. «Wie heißt die Antwort?» So bedroht, blätterte ich in meinem Frageheft drei Seiten zurück und las Nummer sechsundzwanzig noch einmal durch. «Was würden Sie lieber tun: 1. an einem internationalen Handelskongreß teilnehmen, 2. Kirschen pflücken, 3. einem kranken Freund Gesellschaft leisten und ihm vorlesen, 4. an Automotoren herumbasteln?» Ich sah Albie ratlos an und zuckte die Achseln. «Ist ganz egal – jede Antwort ist richtig. Such dir irgendeine aus.» Er schoß beinahe von seinem Stuhl hoch. «Red keinen Mist! Wie heißt die Antwort?» Überall im Zimmer reckten sich fremde Köpfe – Blicke aus zusammengekniffenen Augen, zischende Lippen, beschämendes Grinsen –, und mir wurde klar, daß Russo jede Minute mit feuchten Lippen zurückkommen konnte, daß ich Gefahr lief, an meinem ersten Tag in der Oberschule beim Mogeln ertappt zu werden. Ich blickte noch einmal auf Nummer sechsundzwanzig, dann wieder auf Albie, und angetrieben von Wut, Mitleid, Furcht, Zuneigung, Rachedurst und einem Instinkt für Ironie, der damals so zart wie ein Holzhammer war – Gefühlen, die auch später mein Verhalten ihm gegenüber bestimmten –, flüsterte ich: «Einem kranken Freund Gesellschaft leisten und ihm vorlesen.» Der Vulkan beruhigte sich, und Albie und ich hatten einander gefunden.

Wir wurden Freunde. Während des Testens, in der Mittagspause und auch nach Schulschluß wich er mir nicht von der Seite. Ich erfuhr, daß Albie als Junge all das getan hatte, was für mich, den Wohlerzogenen, undenkbar war: er hatte in zweifelhaften Lokalen Frikadellen gegessen; er war nach der kalten Dusche mit nassem Haar in Wind und Kälte hinausgelaufen; er hatte Tiere gequält; er war bei Huren gewesen; er hatte gestohlen, war erwischt worden und hatte dafür bezahlt. «Aber jetzt», erzählte er mir, als ich in dem Drugstore gegenüber der Schule meine Brote auspackte, «jetzt hab ich genug von der Rumtreiberei. Jetzt werd ich gebildet. Ich will» – wahrscheinlich hatte er diesen Satz in dem Filmmusical aufgeschnappt, das er sich am vorhergehenden Nachmittag angesehen hatte, während wir anderen Englisch büffelten –, «ich will Fuß vor Fuß setzen und vorankommen.»

Als Russo in der folgenden Woche die Testresultate bekanntgab, stellte sich heraus, daß Albies Füße nicht nur vorwärts schritten, sondern auch seltsame, wunderbare Wege fanden. Russo saß an seinem Tisch, Stapel von Testarbeiten wie Munition vor sich aufgereiht, Berge von Tabellen und Diagrammen zu beiden Seiten. So verkündete er den Schicksalsspruch. Albie und ich sollten den Anwaltsberuf ergreifen.

Von allem, was mir Albie in dieser ersten Woche anvertraute, prägte sich mir eine Tatsache unauslöschlich ein. Vieles vergaß ich schon bald: den Namen der sizilianischen Stadt, in der er zur Welt gekommen war; den Beruf seines Vaters (entweder fabrizierte er Eis, oder er verkaufte es); Jahrgang und Modell der Autos, die er gestohlen hatte. Aber ich vergaß nicht, daß Albie allem Anschein nach der Star des Baseballteams in der Besserungsanstalt Jamesburg gewesen war. Als Mr. Hopper, der Sportlehrer, mich zum Spielführer eines der beiden Softballteams unserer Klasse ernannte (wir spielten Softball, bis das Ausscheidungsspiel vorbei war, dann gingen wir zu Touch Football über), da wußte ich, daß ich Pelagutti in meiner Mannschaft haben mußte. Mit diesen Armen konnte er den Ball eine Meile weit schlagen.

Dann kam der Tag, an dem die Teams gewählt werden sollten. Albie scharrte neben mir mit den Füßen, während ich meine Sportkleidung anzog – Suspensorium, khakifarbene Shorts, Turnhemd, wollene Socken und Sportschuhe. Albie war schon fertig. Er trug kein Suspensorium unter den Shorts, sondern hatte seine lavendelblaue Unterhose anbehalten; sie schaute etwa drei Zoll hervor und sah aus wie eine breite Blende. Ein ärmelloses Unterhemd ersetzte das Turnhemd, und in den teerschwarzen Sportstiefeln trug er dünne schwarze Seidensocken mit seitlich aufgestickten schlanken Pfeilen. Nackt hätte er vielleicht wie irgendein vor Jahrhunderten verstorbener Vorfahr im Kolosseum Löwen zu Tode schleudern können; in diesem Aufzug jedoch – natürlich sagte ich ihm das nicht – verlor er beträchtlich an Würde.

Wir verließen den Umkleideraum und trotteten durch den dunklen Kellergang, hinauf zum Sportplatz, auf den die Septembersonne schien. Albie redete unaufhörlich. «Als Kind hab ich nie Sport getrieben, aber in Jamesburg hab ich gespielt, und Baseball hat mir überhaupt keine Schwierigkeiten gemacht.» Ich nickte. «Was hältst du von Pete Reiser?» fragte er. «Der kann was», sagte ich. «Und was hältst du von Tommy Henrich?» — «Ich weiß nicht recht», antwortete ich, «scheint ganz verläßlich zu sein.» Als Anhänger der «Dodgers» war ich mehr für Reiser als für Henrich, den Star der «Yankees»; außerdem hatte ich von jeher einen etwas extravaganten Geschmack, und Reiser, der verschiedentlich das Spiel für die Brooklyn-Mannschaft gerettet hatte, nahm einen besonderen Platz in der Walhalla meines Herzens ein. «Ja», sagte Albie, «ich mag die alle, die Yankees.»

Ich konnte Albie nicht mehr fragen, wie er das meinte, denn Mr. Hopper, sonnverbrannt, hochaufgerichtet, lächelnd, warf eine Münze in die Luft; ich blickte auf, sah sie in der Sonne glitzern und rief: «Kopf!» Aber es war nicht Kopf, sondern Wappen, und der andere Spielführer durfte zuerst wählen. Mir stand das Herz still, als er Albies

Arme betrachtete, doch ich beruhigte mich
wieder, denn er ging weiter und entschied
sich für einen großen, mageren Burschen mit
langen Armen, den typischen *first baseman*.
Sofort erklärte ich: «Zu mir kommt Pelagutti.» Man sieht nicht oft ein Lächeln, wie es
in diesem Augenblick Albie Pelaguttis Gesicht erhellte: Der Junge strahlte, als hätte ich
ihm eine lebenslängliche Gefängnisstrafe er-
lassen.

Das Spiel begann. Ich, der Linkshänder, war
shortstop und schlug als zweiter; Albie war
im *center field* und schlug auf eigenen
Wunsch als vierter. Der erste Spieler der anderen schlug den Ball zu Boden, und ich lief
zum *first baseman*. Der nächste sandte einen
hochfliegenden Ball ins *center field*. Als ich
Albie dem Ball nachlaufen sah, wurde mir
klar, daß Tommy Henrich und Pete Reiser
für ihn lediglich Namen waren; alles, was er
über Baseball wußte, hatte er sich am Abend
zuvor mühsam eingepaukt. Während der
Ball in der Luft war, hüpfte Albie unter ihm
auf und ab und streckte die Arme steil in die
Höhe; seine Handgelenke klebten aneinan-
der, die Hände klappten auf und zu wie die
Flügel eines Schmetterlings und baten den
Ball, zu ihnen zu kommen.

«Mach schon», schrie er in den Himmel hinauf, «mach schon, du Bastard ...» Und seine Beine gingen rauf und runter, rauf und runter, als wären sie eine Fahrradpumpe. Ich hoffe, der Augenblick meines Todes wird nicht so viel Zeit in Anspruch nehmen, wie dieser verdammte Ball zum Herunterfallen brauchte. Da hing er, hing in der Luft, und unter ihm zappelte Albie wie ein verzückter Sektierer. Und dann landete er – mitten auf Albies Brust. Der Läufer hatte bereits Posten zwei umrundet und rannte auf Posten drei zu, während Albie herumwirbelte und mit seinen nunmehr ausgebreiteten Armen aussah, als spiele er mit zwei unsichtbaren Kindern Ringelreihen. «Hinter dir, Pelagutti!» schrie ich. Er hielt in seinem Tanz inne. «Was?» brüllte er mir zu. Ich raste zum *center field*. «Hinter dir – weitergeben!» Der Läufer hatte inzwischen den dritten Posten erreicht, ich aber mußte dastehen und Albie das Wort «weitergeben» erklären.

Am Ende der ersten Halbzeit stand es acht zu null für die anderen, nur weil Pelagutti so schlecht gespielt hatte.

Ich gönne mir das masochistische Vergnügen, Albies Verhalten am Schlagmal zu beschreiben: Zuerst starrte er dem Werfer ins *Gesicht*, und wenn er dann seinen Körper dem Ball entgegenschwang – das tat er bei jedem Wurf –, so schlug er nicht seitwärts zu, sondern nach unten, als treibe er einen Holzpflock in die Erde. Man frage mich nicht, ob er rechts- oder linkshändig war. Ich weiß es nicht.

Später, im Umkleideraum, sagte ich kein Wort. Ich kochte vor Wut, während ich Pelagutti aus den Augenwinkeln beobachtete. Er schleuderte die verrückten schwarzen Sportstiefel von den Füßen und zog sein rosa Cowboyhemd über das Unterhemd, in dessen U-förmigem Ausschnitt ein roter Fleck verriet, wo ihn der erste Flugball getroffen hatte. Die Shorts behielt er an, als er in seine graue Hose stieg – ich sah zu, wie er die Hose über die Schienbeine zog, auf denen die Bodenbälle ihre Spuren hinterlassen hatten, und über die Knie und die Schenkel, die von den Wurfbällen rot gefleckt waren.

Endlich sprach ich: «Zum Teufel, Pelagutti, du könntest über Pete Reiser stolpern und würdest nicht mal merken, daß er's ist.» Er stopfte die Sportstiefel in sein Schränkchen und antwortete nicht. Ich redete zu seinem massigen rosa Hemdrücken. «Warum hast du mir vorgeschwindelt, du hättest in Jamesburg Baseball gespielt?» Er brummelte irgend etwas Unverständliches.

«Was?» fragte ich. «Hab aber gespielt», knurrte er. «Bockmist!» sagte ich. Er wandte sich um und starrte mich mit seinen schwarzen Augen an. «Klar hab ich gespielt!» – «Muß ja eine prima Mannschaft gewesen sein!» höhnte ich. In finsterem Schweigen verließen wir den Umkleideraum. Als wir am Sportbüro vorbeikamen, blickte Mr. Hopper von seinen Listen auf und zwinkerte mir zu. Seine Kopfbewegung zu Pelagutti hin besagte: Da hast du eine schöne Niete gezogen, mein Lieber, aber was konntest du denn anderes erwarten? Aus einem Stromer wie Pelagutti wird nie ein waschechter Amerikaner. Dann beugte Mr. Hopper den sonnverbrannten Kopf wieder über den Schreibtisch.

«Und jetzt», sagte ich zu Pelagutti, als wir den Treppenabsatz des zweiten Stockwerks erreicht hatten, «jetzt hab ich dich das ganze Schuljahr auf dem Hals.» Er schlurfte vor mir her, ohne zu antworten; der Anblick seines ochsengleichen Hinterns, dem nur der Schwanz fehlte, um die Fliegen wegzuwedeln, machte mich vollends wütend. «Du gottverdammter Lügner!» stieß ich hervor.

Er drehte sich so schnell um, wie ein Ochse das eben kann. «Du hast niemand auf dem Hals.» Wir waren oben angelangt und betraten den Korridor, auf dem sich Garderobenschrank an Garderobenschrank reihte; die Jungen, die hinter uns die Treppe heraufkamen, blieben stehen und hörten zu. «Nein, mich hast du nicht auf dem Hals, du Scheißkerl, du dreckiger!» Und ich sah fünf haarige Fingerknöchel auf meinen Mund zustoßen. Ich wollte ausweichen, aber da krachte es schon in meinem Nasenrücken. Meine Hüften schwangen nach hinten, die Beine und der Kopf nach vorn, und krumm wie der Buchstabe C flog ich ein gutes Stück rückwärts, bevor ich unter meinen Handflächen kalten Marmor fühlte. Albie machte einen Bogen um mich und ging in das Klassenzimmer. Als ich mich aufrappelte, verschwanden gerade Mr. Russos schwarze Schuhe mit den gesteppten Kappen hinter dem Türpfosten. Ich bin ziemlich sicher, daß er beobachtet hatte, wie Albie mich zusammenschlug. Genau weiß ich es allerdings nicht, denn weder er noch Albie, noch ich kamen jemals darauf zurück. Vielleicht hätte ich Albie nicht als Lügner bezeichnen sollen, aber ein Baseball-Star war er allenfalls in einer Liga gewesen, die ich nicht einmal vom Hörensagen kannte.

Als Gegenstück möchte ich einen anderen Klassenkameraden vorstellen, Duke Scarpa, der auch ein ehemaliger Fürsorgezögling war. Übrigens darf man Albie und Duke nicht für typische Mitglieder meiner Oberschule halten. Beide wohnten am äußersten Ende von Newark, in einem Elendsviertel, und waren erst zu uns gekommen, nachdem die Schulbehörde mit Albie zwei und mit Duke vier Versuche in anderen Schulen gemacht hatte. Zuletzt hoffte die Behörde, genau wie Marx, daß die höhere Kultur die niedere absorbieren werde.

Albie und Duke konnten nicht viel miteinander anfangen; während Albie sichtlich bemüht war, «anständig zu werden», ließen Dukes ölige Ruhe, seine schlappe Freundlichkeit immer vermuten, daß er irgendein Gaunerstück plante. Aber wenn es auch keine Zuneigung zwischen den beiden gab, so hielt sich Duke doch an Albie und mich; wahrscheinlich war er lieber mit Albie zusammen, der in seiner Seele lesen konnte und ihn deshalb verachtete, als mit irgendeinem Gefährten, der nicht ahnte, was in seiner Seele vorging, und ihn aus diesem Grunde verachtete. War Albie ein Nilpferd, ein Ochse, so war Duke ein Reptil. Und ich? Ich weiß es nicht; es ist leichter, das Tier in seinen Mitmenschen zu erkennen als in sich selbst.

Während der Mittagspause boxten Duke und ich meistens auf dem Flur vor dem Speisesaal. Er konnte einen Haken nicht von einer geraden Linken unterscheiden, und er hatte es nicht gern, wenn seine dunkle Haut Schaden nahm oder sein Haar zerzaust wurde; aber es machte ihm unbändigen Spaß, sich zu bewegen, hin und her zu tänzeln, sich zu drehen und zu winden. Hätte ich Geld gefordert, weil ich ihm Gelegenheit gab, die Schlange zu spielen, ich glaube, er hätte anstandslos bezahlt. Er hypnotisierte mich, dieser Duke; er zupfte an einer schleimigen Schnur in mir – während Albie Pelagutti eine tiefere und wohl auch edlere Saite suchte und erklingen ließ.

Aber damit erwecke ich den Eindruck, Albie sei sanft wie Pfirsich mit Schlagsahne gewesen. Ich will erzählen, was er und ich Mr. Russo antaten.

Russo glaubte an seine Tests, wie seine eingewanderten Eltern (und Albies Eltern, vielleicht auch Albie selbst) an die Unfehlbarkeit des Papstes glaubten. Wenn aus den Tests hervorging, daß Albie zum Anwalt bestimmt war, dann würde er auf jeden Fall Anwalt werden. Was Albies Vergangenheit betraf, so schien sie Russos Glauben an die Prophezeiungen nur noch zu verstärken: Er fühlte sich offenbar als Albies Retter und Erlöser.

Im September gab er Albie eine Biographie zu lesen, das Leben von Oliver Wendell Holmes; im Oktober ließ er den armen Kerl einmal in der Woche unvorbereitet über irgendein Thema sprechen; im November verlangte er von ihm einen Aufsatz über die Verfassung (den ich anfertigte); und um das Maß vollzumachen, schickte er im Dezember Albie, mich und zwei andere Jungen, die ebenfalls juristische Neigungen zeigten, zum Landgericht von Essex County, damit wir einmal «richtige Anwälte bei der Arbeit» sähen.

Es war ein kalter, windiger Morgen. Als wir unsere Zigarettenstummel am Lincolndenkmal ausgedrückt hatten und die weißen Stufen der hohen Freitreppe hinaufzusteigen begannen, machte Albie unversehens kehrt und lief über den Platz auf die Market Street zu. Ich rief ihm nach, aber er brüllte, daß er das alles schon gesehen hätte, und dann stürzte er sich Hals über Kopf in das Menschengewühl – nicht von der Polizei verfolgt, sondern von seiner Vergangenheit. Es war durchaus nicht so, daß er Russo für einen Esel hielt, weil er ausgerechnet ihn zu einer Besichtigung des Gerichtsgebäudes geschickt hatte – dazu war Albies Respekt vor Lehrern zu groß –, aber er glaubte wohl,

Russo habe ihm seine früheren Vergehen unter die Nase reiben wollen.

Ich war daher nicht überrascht, als Albie am nächsten Tag nach der Sportstunde einen Angriff auf Russo ankündigte; es war seine erste Untat, seit er im September beschlossen hatte, «anständig zu werden». Er schilderte mir seinen Plan in groben Zügen und schlug vor, ich solle unseren Klassenkameraden die nötigen Anweisungen geben. Als Bindeglied zwischen Albie und den anderen Jungen, die alle, wie ich selbst, aus gutem Hause und nicht vorbestraft waren, stand ich an der Klassentür und flüsterte jedem, der hereinkam, ins Ohr: «Sowie Russo nach zehn Uhr fünfzehn zur Tafel geht, bückst du dich, als wolltest du deine Schnürsenkel binden.» Wenn mich ein Junge erstaunt ansah, machte ich eine Bewegung zu Pelagutti hin, der gewichtig auf seinem Platz hockte; der überraschte Gesichtsausdruck verschwand, und ein weiterer Komplice betrat die Klasse. Der einzige, der Schwierigkeiten machte, war Duke. Er runzelte die Stirn und sah mich mit dem Blick eines Mannes an, der eine eigene Verbrecherbande befehligt und jeden Kontakt mit anderen Rädelsführern ablehnt.

Endlich klingelte es; ich schloß die Tür und setzte mich an meinen Tisch. Dann wartete ich, daß der Zeiger auf Viertel elf rückte; das tat er, und gleich darauf wandte sich Russo zur Tafel, um die Stundenlöhne in der Aluminiumindustrie anzuschreiben. Ich bückte mich und fingerte an meinen Schuhen herum – unter allen Tischen sah ich umgekehrte grinsende Gesichter. Links hinter mir hörte ich Albie zischen; seine Hände zupften an den schwarzen Socken, und das Zischen wurde allmählich zu einem Schwall sizilianischer Worte – gemurmelt, ausgespien, bösartig, nur für Russo verständlich. Ich blickte nach vorn, meine Finger knoteten die Schnürsenkel auf und zu, das Blut strömte mir in den Kopf. Ich beobachtete Russos Beine – jetzt drehte er sich um! Wie verdutzt muß er dreingeschaut haben – wo fünfundzwanzig Gesichter sein sollten, war kein einziges zu sehen. Nur Tische. «Okay», hörte ich Russo sagen, «okay.» Dann klatschte er leise in die Hände. «Genug jetzt, Jungens. Der Scherz ist vorbei. Kommt hoch.» Und da fuhr Albies Zischen an all den blutroten Ohren unter den Tischen vorbei; es umrauschte uns wie ein unterirdischer Strom: «Unten bleiben!»

Russo mochte reden, was er wollte, wir rührten uns nicht. Erst auf Albies Kommando tauchten wir auf und sangen im Chor:

«*Sitz nicht unterm Apfelbaum
mit anderen als mit mir,
mit anderen als mit mir,
mit anderen als mit mir,
nein, o nein, o nein, sitz nicht unterm Apfelbaum*...»

Dazu klatschten wir im Takt in die Hände. Was für ein Lärm!

Mr. Russo stand regungslos vor der Tafel und hörte uns erstaunt zu. Er trug einen sorgsam gebügelten dunkelblauen Anzug mit Nadelstreifen und eine bräunliche Krawatte mit dem Kopf eines Schäferhundes in der Mitte; in den Krawattenhalter waren die Buchstaben R.R. eingraviert; die schwarzen Schuhe mit den gesteppten Kappen glänzten. Russo, der an Sauberkeit, Ehrlichkeit, Pünktlichkeit und geplante Schicksale glaubte, Russo, der an die Zukunft und an den Berufskundeunterricht glaubte! Und neben mir, hinter mir, in mir, über mir – Albie! Wir wechselten einen Blick, Albie und ich, und meine Lungen wollten vor Freude schier bersten. «*Sitz nicht unterm Apfelbaum* ...» Albies tiefe Stimme übertönte die anderen, und dann umhüllte mich die dickflüssige Stimme eines Schnulzensängers hinter Albie: Duke sang mit; er klatschte im Tangotakt in die Hände.

Für einen Moment lehnte sich Russo an die Wandkarte «Facharbeiter: Löhne und Bedarf», dann zog er seinen Stuhl zurück und ließ sich darauf niederfallen, so tief hinunter, als hätte der Stuhl keine Sitzfläche. Er legte den Kopf auf den Tisch, und seine Schultern wölbten sich nach vorn wie die Ränder von feuchtem Papier. Und nun spielte ihm Albie den ärgsten Streich. Er hörte auf zu singen; wir hörten alle auf. Russo blickte hoch bei diesem Schweigen; seine schwarzen Augen mit den dicken Tränensäcken starrten auf unseren Anführer, auf Alberto Pelagutti. Langsam schüttelte er den Kopf: Das war kein Capone, das war ein Garibaldi! Russo wartete, ich wartete, wir alle warteten. Albie erhob sich ohne Hast und stimmte die Nationalhymne an: «*Sag, kannst du erblicken, bei des Tags frühem Licht, was so stolz wir gepriesen ...*» Und wir alle erhoben uns und sangen mit. Tränen glänzten an Mr. Robert Russos langen schwarzen Wimpern; er stand auf, müde, schwerfällig, ein Geschlagener, und als hinter mir Pelaguttis Baß zu einem Dröhnen anschwoll, sah ich, daß sich auch Russos Lippen bewegten: «*Die Bomben barsten in der Luft, sie haben den Beweis erbracht...*» Mein Gott, wie wir sangen!

Im Juni jenes Jahres ging Albie von der Schule ab – er hatte nur in Berufskunde bestanden –, aber unsere Kameradschaft, jenes seltsame Gefäß, zersprang schon ein paar Monate früher, eines Tages um die Mittagszeit. Es geschah im März, als Duke und ich wieder einmal vor dem Speisesaal boxten. Albie, der freundlicher zu Duke geworden war, seit er damals seine warme, flüssige Stimme unserem Chor zugesellt hatte, Albie war auf eigenen Wunsch Schiedsrichter; er sprang zwischen uns hin und her, trennte uns mitten im Clinch, warnte uns vor Tiefschlägen, griff nach Dukes hängendem Schwanz und amüsierte sich großartig. Ich entsinne mich, daß Duke und ich in einem Clinch waren; während ich ihm kurze Schläge auf die Nieren versetzte, krümmte er sich in meiner Umarmung. Hinter ihm schien die Sonne durchs Fenster und ließ sein Haar wie ein Schlangennest aufflammen. Ich bearbeitete seine Rippen, er wand sich hin und her, ich atmete heftig durch die Nase, dicht vor meinen Augen war sein schlangengleiches Haar – da drängte sich plötzlich Albie dazwischen und stieß uns auseinander. Duke flog zur Seite, ich nach vorn, und meine Faust krachte durch das Fenster. Füße stampften; in Windeseile hatte sich eine grinsende, schuldlose,

123

kauende Menge um mich geschart – um mich allein, denn Albie und Duke waren verschwunden. Ich verfluchte die beiden, diese ehrlosen Bastarde. Die Menge wich und wankte nicht, bis die Küchenleiterin, eine unförmige Matrone in steifgestärktem weißem Kittel und mit Krampfadern, meinen Namen notiert und mich ins Zimmer der Krankenschwester gebracht hatte, damit die Glassplitter aus meiner Hand entfernt werden konnten. Am Nachmittag wurde ich zum ersten und einzigen Mal zu Mr. Wendell, unserem Direktor, gerufen.

Seither sind fünfzehn Jahre vergangen, und ich weiß nicht, was aus Albie Pelagutti geworden ist. Vielleicht ein Gangster, aber jedenfalls kein so berühmter, so reicher, daß sich das Kefauver-Komitee für ihn interessiert hätte. Als dieses Komitee vor ein paar Jahren mit der Aufdeckung von Verbrechen in New Jersey begann, verfolgte ich aufmerksam die Berichte, konnte jedoch in keiner Zeitung den Namen Alberto Pelagutti entdecken. Auch Duke Scarpa wurde nie erwähnt – nun, wer kann schon sagen, unter welchem Namen er jetzt bekannt ist. Ich weiß jedoch, was aus unserem Lehrer für Berufskunde geworden ist, denn ein anderes Senatskomitee, das sich vor einiger Zeit auf

New Jersey stürzte, stellte fest, daß unter anderen auch Robert Russo Marxist gewesen war, als er um 1935 herum das staatliche Montclair College für Lehrerbildung besuchte. Russo weigerte sich, gewisse Fragen des Komitees zu beantworten, und die Schulbehörde von Newark trat zusammen, tadelte sein Verhalten und entließ ihn. Hin und wieder lese ich in den *Newark News*, daß Anwälte aus der «Union für bürgerliche Freiheit» sich noch immer bemühen, Russo zu rehabilitieren, und ich selbst habe in einem Brief an die Schulbehörde feierlich versichert, daß nichts von dem, was je einen zerstörerischen Einfluß auf meinen Charakter ausgeübt haben könnte, meinem früheren Oberschullehrer Russo zuzuschreiben ist; wenn er Kommunist war, so hatte ich jedenfalls keine Ahnung davon. Ich überlegte lange, ob ich den Zwischenfall mit der Nationalhymne erwähnen sollte: Kann man denn wissen, was in den Augen der launischen Damen und der Besitzer von Filialgeschäften, die bis an ihr Lebensende Mitglieder der Schulbehörde sind, als Beweis gilt und was nicht?

Und wenn (um einen Klassiker zu variieren) die Geschichte eines Mannes zugleich sein Schicksal ist, wer weiß dann, ob sich die

125

Schulbehörde von Newark jemals mit einem Brief befassen wird, der von meiner Hand stammt. Mit anderen Worten: Haben fünfzehn Jahre jenen Nachmittag ausgelöscht, an dem ich zum Direktor gerufen wurde?

... Er war ein hochgewachsener, distinguierter Herr, und als ich sein Büro betrat, stand er auf und reichte mir die Hand. Dieselbe Sonne, die eine Stunde zuvor in Dukes Haar Schlangen hatte aufleuchten lassen, fiel nun schräg durch Mr. Wendells Jalousien und wärmte seinen dicken grünen Teppich. «Wie geht's?» fragte er. «Jawohl», antwortete ich ohne jeden Zusammenhang und versteckte meine verbundene Hand unter der unverbundenen. «Nimm doch Platz», forderte er mich freundlich auf. Eingeschüchtert und ungewandt, wie ich war, deutete ich eine Verbeugung an und setzte mich. Mr. Wendell ging zu seinem Rollschrank, zog eine Schublade auf und brachte eine weiße Karteikarte zum Vorschein. Er legte sie auf den Schreibtisch und winkte mir, zu ihm zu kommen, damit ich lesen konnte, was in Maschinenschrift auf der Karte stand: zuoberst in großen Buchstaben mein Familienname mit erstem und zweitem Vornamen, darunter eine römische Eins, und daneben hieß es: «Prügelei im Korridor; zerbrach ein Fenster

(19.3.1942).» Mein Vergehen war schon registriert. Und auf einer großen Karte mit viel Platz.

Ich kehrte zu meinem Stuhl zurück, und Mr. Wendell teilte mir mit, daß diese Karte mich durch mein ganzes Leben begleiten werde. Anfangs hörte ich ihm zu, doch als er immer weiterredete, verloren seine Worte jede Dramatik, und meine Aufmerksamkeit wandte sich dem Rollschrank zu. Ich stellte mir die Karten vor, die dort lagen, Albies Karte und Dukes Karte, und auf einmal begriff ich – und ich verzieh ihnen beinahe –, warum die beiden spurlos verschwunden waren und es mir überlassen hatten, für das Fenster zu büßen. Albie hatte nämlich schon immer von der Existenz dieser Kartei gewußt, ich dagegen nicht, und Russo, der arme Russo, ist erst kürzlich dahintergekommen.